c o l l · e c t i o n

Romans jeunesse

Éditions HRW

Groupe Éducalivres inc.
955, rue Bergar
Laval (Québec) H7L 4Z6
Téléphone : (514) 334-8466
Télécopieur : (514) 334-8387
Internet : http://www.educalivres.com

L'HEURE PLAISIR

▼

Déjà parus dans cette collection :

Josée
l'imprévisible

▼

André Tousignant

À Sylvio

Josée l'imprévisible
Tousignant, André
Collection L'Heure Plaisir

Directeur de la collection : Louis Martin
Illustrations de la couverture : Robert Séguin
Bruno St-Aubin

Nous reconnaissons l'aide financière du gouvernement du Canada par l'entremise du Programme d'aide au développement de l'industrie (PADIÉ) pour nos activités d'édition.

ISBN 0-03-927302-4
Dépôt légal – 1er trimestre
Bibliothèque nationale du Québec, 1992
Bibliothèque nationale du Canada, 1992

Imprimé au Canada
567890LM0987654

Table des chapitres

▼

Liste des
personnages de ce récit

▼

Au besoin, consulte cette liste pour retrouver l'identité d'un personnage.

Personnages principaux :

Josée Turcot : une élève de première secondaire.
La narratrice de ce récit.

Oncle Arthur : l'oncle de Josée et son parrain.

Personnages secondaires :

Charles : un compagnon de classe en première secondaire.

Jules : un compagnon de classe en sixième année.

Mme Laberge : une professeure de catéchèse en première secondaire.

Mme Chantale Lavoie :	la mère de Marc.
Marc Lavoie :	un enfant dont Josée est la gardienne.
Mme Montreuil :	une professeure de français en première secondaire.
Nicole :	une amie de Josée.
Pascal :	un ami de Josée.
Pascale :	une compagne de classe de Josée en sixième année.
M. Jean Perreault :	un professeur d'arts plastiques en première secondaire.
Pierre :	un compagnon de classe de Josée en première secondaire.
Mme Sauvé :	une professeure de sixième année.
Suzanne :	une compagne de classe de Josée en sixième année.
Marcel Turcot :	le frère de Josée.
Marie Turcot :	la mère de Josée.
M. Turcot :	le père de Josée.

VIII

Chapitre 1

Une enfant imprévisible

Est-ce que mon histoire peut t'inté-resser? Je l'ignore. Je l'écris à la sugges-tion de mon oncle Arthur. Il trouvait important qu'il je livre mon témoignage. Et puis, on ne sait jamais. Après tout, ce que j'appelle «mon miracle» peut t'arri-ver à toi aussi. Il n'est peut-être pas trop tard. «Il n'est jamais trop tard», affirme mon oncle. Alors je te raconte.

***

Quand j'étais toute petite — je devais avoir quatre ou cinq ans — je reçus en cadeau de Noël une «catin». Je ne connaissais pas alors le mot poupée. Dans ma famille, on disait «catin». Ce présent m'avait été offert par l'oncle Arthur, mon parrain. Cette «catin» versait des larmes quand on l'assoyait. Elle cessait de pleurer quand on la couchait.

À la déception de tous, ce jouet me laissa plutôt indifférente. Je le mis rapidement de côté pour m'intéresser à mes autres étrennes. Mon oncle Arthur se montra un peu offusqué par mon attitude.

Le lendemain, profitant d'un moment où j'étais seule, je pris des ciseaux et j'éventrai ma «catin». J'étais curieuse de comprendre son fonctionnement. Ma poupée était réduite en lambeaux lorsque ma mère entra dans ma chambre. Moi, j'étais en train de dessiner. C'était mon occupation favorite. Ma mère constata le désastre, puis elle s'empara des ciseaux qui avaient servi à démantibuler mon jouet. Elle sortit de la chambre en me jetant un regard horrifié.

Mon comportement la bouleversa. C'est à partir de ce moment-là, que ma mère me surnomma «Josée l'imprévisible».

***

Lorsque je songe à mon passé, une aventure vécue il y a deux ans à peine me revient spontanément à la mémoire. Je fréquentais l'école et j'entamais ma sixième année. C'était une superbe journée d'automne. Comme j'aime cette saison, j'étais particulièrement de bonne humeur. J'étais dans la cour de récréation avec Suzanne et Pascale, deux compagnes de classe. Nous observions une grosse mouche prisonnière dans une toile d'araignée. Puis, Jules est arrivé.

– Qu'est-ce que vous examinez, comme ça? demanda-t-il, curieux.

– Regarde, répondis-je.

Je lui montrai la toile et la mouche qui se débattait avec frénésie pour s'échapper.

– Où est l'araignée? questionna Pascale. Je ne la vois pas.

– Moi non plus, ajouta Suzanne.

– Moi, je l'aperçois, intervint Jules avec le plus grand sérieux.

Il esquissa un geste rapide de sa main droite, puis il se tourna vers nous en brandissant son poing fermé.

– Je l'ai! je l'ai! Elle bouge dans ma

main, déclara-t-il. C'est une très grosse araignée avec un ventre blanc et de longues pattes velues. Qui veut l'avoir dans ses cheveux?

Nous nous sauvâmes en poussant des cris de panique. Je ne sais pourquoi, mais les araignées m'ont toujours inspiré une peur incontrôlable. Jules fonça sur nous. Il me rattrapa bientôt et m'empoigna par le bras. Tout en balançant sa main fermée au-dessus de ma tête, il s'écria : «Arrête, je veux juste te la mettre dans les cheveux!». Tout en prononçant ces mots, Jules riait méchamment.

Je réussis à me dégager. Courant comme une folle, je cherchai refuge dans l'école. J'étais furieuse. De retour dans la classe, Jules s'amusa à raconter aux autres le bon tour qu'il m'avait joué. Les élèves me jetaient des regards moqueurs. Je promis de me venger. «Jules, tu ne perds rien pour attendre», me disais-je intérieurement. Dans les jours qui suivirent, j'épiai Jules, en évitant de laisser transparaître quoi que ce soit. Je jasais parfois avec lui pour découvrir son point faible. Je fis semblant que je devenais son amie.

4

Puis un jour, il me fournit la corde pour le pendre… Nous étions plusieurs à parler de tout et de rien. Un camarade de classe avoua qu'il avait une peur maladive des couleuvres. Jules, lui, confessa innocemment sa phobie des crapauds!

Cet après-midi-là, j'étais satisfaite. «Mon crapaud, tu vas y goûter!» me dis-je. Rendue à la maison, je cherchai longuement autour de la grange l'animal qui m'aiderait à me venger.

– Tu as perdu quelque chose? demanda mon grand frère en montant sur le tracteur.

– N… Non. Je regardais comme ça.

Tout à coup, près d'un fossé, j'aperçus un énorme crapaud en train de se chauffer au soleil. Il m'observait avec des yeux globuleux. Avec un filet, je l'attrapai sans lui laisser la chance de faire un bond. Je l'enfermai dans une boîte à chaussures que je cachai soigneusement derrière la porte du garage. Le lendemain, je transférai ma proie dans une boîte plus petite que je dissimulai au fond de mon sac.

Lorsque la cloche annonça la récréation de l'avant-midi, les élèves sortirent.

Je restai seule dans la classe. Je m'approchai du pupitre de Jules. Je soulevai le couvercle et pris le temps de jeter un coup d'œil à l'intérieur. Un manuel de français s'y trouvait en plein milieu. «Parfait! me dis-je. C'est exactement ce que je cherchais». Je déposai le crapaud sur le livre en espérant que la bête resterait là, bien tranquille. Puis je refermai le couvercle aussi rapidement que je pus. Je jetai un coup d'œil en sortant de la classe. Il n'y avait personne aux alentours. Tout se déroulait sans anicroche.

Après la récréation, notre professeur, Mme Sauvé, s'écria :

— Vite, vite! Sortez vos livres de français.

J'étais assise juste derrière Jules. Je pouvais donc observer tous ses gestes sans me trahir. Ma victime ouvrit lentement son pupitre. Sans regarder dedans, il chercha son livre en tâtonnant. Brusquement, il retira son bras. Il souleva tout grand le couvercle et se pencha pour voir ce qu'il y avait à l'intérieur. Il le referma avec une telle rapidité et une telle force que les élèves poussèrent des cris de surprise.

Mû comme par un ressort, Jules sauta littéralement par-dessus le pupitre voisin du sien. Il trébucha, se releva et bouscula sans ménagement les deux filles qui l'empêchaient d'atteindre la sortie. Il disparut enfin dans le corridor.

J'avais eu le temps d'entrevoir son visage. Les yeux fous et la bouche tremblante, il était en proie à une grande frayeur.

Intriguée, Mme Sauvé s'avança. Des sueurs froides me parcoururent l'échine.

— Que se passe-t-il? interrogea-t-elle, en regardant tour à tour Pierre et Michel, les voisins de Jules.

— Je ne sais pas, répondit Pierre.

— Je n'ai rien vu, ajouta Michel. Il a eu peur, c'est certain.

Je m'approchai alors du pupitre de Jules, en essayant de paraître très surprise.

— Est-ce qu'un brave peut ouvrir ce bureau, demanda Mme Sauvé avec un léger sourire qui dissimulait mal sa crainte.

Promptement, Michel souleva le couvercle et aperçut l'animal qui reposait sur le livre.

— Ah ben! Ah ben! fit-il d'un ton

moqueur. C'est un crapaud! Elle est bonne! Il a eu peur de ça!

D'un geste rapide, il prit la bestiole par les pattes arrière. Il la montra à toute la classe. Involontairement, il tenait l'animal presque sous le nez de l'institutrice. Dégoûtée, Mme Sauvé recula.

— Sortez ça d'ici immédiatement! hurla-t-elle.

Michel quitta la classe en tenant toujours la bête affolée qui se débattait. Quelques minutes plus tard, Jules revint. Il était encore blême d'horreur.

— Est-ce que vous savez qui vous a joué un tour pareil? interrogea Mme Sauvé, d'une voix furieuse.

— Aucune idée, grommela Jules, en rougissant un peu.

Jules regardait les autres garçons. J'étais persuadée qu'il ne me soupçonnait pas. Je n'étais qu'une fille après tout!

— L'auteur de cette mauvaise plaisanterie ferait mieux de s'identifier, rugit Mme Sauvé. Je lui donne jusqu'à vendredi. Je suis disposée à comprendre son geste et à le punir raisonnablement. Mais s'il ne se livre pas et que je dois mener ma propre enquête, le châtiment sera beaucoup plus sévère.

J'étais fière de mon coup. Tout le monde, y compris Mme Sauvé, pensait que le coupable était un garçon. Notre enseignante nous fit la tête pendant quelques jours, puis elle oublia l'incident.

***

Un autre événement mémorable se produisit cette année-là. Pour Noël, Mme Sauvé avait organisé une fête. Elle nous avait demandé de tirer un nom pour un échange de cadeaux. J'espérais bien que le sort me favoriserait. Je voulais faire une surprise à Jules. Malheureusement, je sortis le nom d'une fille. Je décidai quand même de jouer un tour à Jules.

J'emballai ma surprise dans une boîte sur laquelle je collai une petite carte. J'écrivis dessus «À un brave». Je plaçai le cadeau que je voulais offrir à Jules derrière les autres. Comme je l'espérais, on le remarqua uniquement lorsque la distribution fut terminée. Mme Sauvé le prit et lut la carte : «Tiens, s'exclama-t-elle, un présent pour un «brave». Qui est-ce?»

Évidemment, personne ne répondit.

Tous les garçons se regardaient d'un air intrigué. L'institutrice déballa le cadeau et ouvrit la boîte. C'était un superbe crapaud en porcelaine. Elle exhiba l'objet. D'un peu partout, on entendit : «Jules! C'est Jules, le brave!»

Le visage empourpré, le pauvre Jules ne savait s'il devait s'avancer ou s'enfuir. Mme Sauvé était d'excellente humeur. Elle reprit :

— Jules, en souvenir du mauvais tour dont tu as été victime, viens chercher ce cadeau. Je présume que son auteur souhaite se racheter par cette gentillesse. Je préfère cet animal à celui que tu as découvert dans ton bureau. Il me semble tout à fait inoffensif. Tu le veux?

Jules l'accepta, au soulagement général. Une belle fête suivit l'échange de cadeaux. Nous avons même eu l'autorisation de mettre de la musique et de danser. La fin de la journée approchait. Nous avions tous apporté quelque chose pour le goûter. Tous les élèves se regroupèrent autour d'une table bien garnie.

Au cours du repas, j'aperçus Jules en train de discuter avec Mme Sauvé. Ils étaient tous les deux debout. L'attitude de Jules m'agaçait. J'aurais souhaité être à sa place. Il me vint alors l'idée de lui jouer un autre mauvais tour et de l'humilier devant la classe.

Prenant une assiette de tarte à la crème, je la déposai sur une chaise placée derrière Jules. J'espérais le voir s'asseoir dessus. Voyant mon manège, quelques élèves s'approchèrent pour mieux savourer la plaisanterie.

Malheureusement, elle ne se déroula pas comme prévu. Mme Sauvé prit Jules par les épaules. Elle le poussa doucement de côté, en soupirant : «Laisse-moi m'asseoir quelques instants. Je suis épuisée.» Après s'être ainsi placée dos à la chaise, elle poursuivit sa conversation avec Jules. De longues secondes s'écoulèrent. J'avais tout le temps de retirer l'assiette, mais j'étais paralysée. Je ne faisais rien pour empêcher la catastrophe qui menaçait de se produire. Je la souhaitais peut-être. Enfin, ce qui devait arriver arriva!

Mme Sauvé se laissa tomber nonchalamment sur la chaise, puis elle se releva d'un bond, mue par une force extraordinaire. J'entendis un élève s'exclamer : «Ah non!»

Mme Sauvé enleva l'assiette restée collée à son pantalon. Elle jeta un regard furieux sur les élèves qui assistaient à la scène. Tous les yeux étaient fixés sur moi. Mme Sauvé me dévisagea. Son regard, je ne l'ai jamais oublié. Il était chargé de reproches et rempli d'une tristesse qui me bouleversa au plus haut point. J'eus alors la désagréable impression que Mme Sauvé lisait dans mes pensées.

Le silence devenait de plus en plus lourd à mesure que les secondes s'écoulaient. Tous les témoins de la scène étaient pétrifiés. Ils avaient les yeux rivés sur Mme Sauvé. Après avoir enlevé une partie de la crème qui souillait ses vêtements, elle s'écria: «La fête est finie! Disparaissez, tous!» À cet instant précis, pour la première fois, je réalisai que ma mère avait raison d'affirmer que j'étais imprévisible.

Chapitre 2

La dame aux cheveux roux

En rentrant à la maison, ce soir-là, j'étais vraiment triste. Constatant mon trouble, ma mère voulut me questionner. Je prétextai un mal de tête et filai dans ma chambre.

Le souper fut particulièrement silencieux. Je pensais à Mme Sauvé. Je ne comprenais pas mon geste. C'était la première enseignante avec qui je m'entendais parfaitement. Elle ne manquait jamais une occasion de me parler et de m'encourager. «Pourquoi ai-je fait une chose pareille?» me répétais-je intérieurement.

Vers 9 heures, ma mère vint me rejoindre. Elle se demandait sans doute pourquoi je ne regardais pas la télévision. J'écoutais de la musique.

— Qu'est-ce qui ne va pas? demanda-t-elle, d'un ton inquiet.

Je lui racontai mon mauvais coup. Maman m'écouta attentivement jusqu'à la fin.

— Pourquoi as-tu fait cela à Mme Sauvé? interrogea maman. Je croyais que tu l'aimais beaucoup.

J'éclatai en sanglots et me jetai dans ses bras.

— Maman, je ne sais pas. Je ne sais plus. J'ai peur. Suis-je normale?

J'étais bouleversée. Mon comportement m'inquiétait. Mais une autre question m'obsédait encore davantage. Jusqu'à ce jour, je n'avais osé en parler à personne. Mon chagrin me fit perdre toute retenue.

Après quelques secondes de silence, j'ajoutai :

— Maman, j'ai une chose importante à te demander.

— Dis, Josée. Je t'écoute.

— Maman, je sais que je suis une enfant adoptée. Peux-tu m'aider à retrouver ma vraie mère?

Maman leva la tête. Elle semblait sortir d'un rêve. Son regard était lointain. De grosses larmes coulèrent bientôt sur ses joues. J'étais écrasée par la douleur que je lui causais. Mais je me sentais soulagée d'avoir formulé cette question qui me préoccupait depuis si longtemps. Instinctivement, j'appuyai ma tête sur sa poitrine. Tout en me caressant les cheveux comme elle le faisait autrefois, elle déclara :

— Josée, nous t'aimons comme si tu étais notre fille naturelle.

— Je sais, maman.

— Nous ignorons tout sur tes vrais parents. Lorsque nous t'avons adoptée, on n'a rien voulu nous dévoiler.

— Oui, mais ma vraie mère vit toujours, ajoutai-je.

— Je ne sais pas, Josée, dit-elle d'une voix étranglée.

Le visage défait, ma mère me quitta et se dirigea vers sa chambre à coucher. La chambre de mes parents est située au-dessous de la mienne. Quand il y a des problèmes dans la famille, ils en discutent à voix basse.

Je peux rarement suivre leur conversation. Souvent j'entends un mot isolé prononcé un peu plus fort que les autres. Quand le ton monte, je perçois un «chut!» suivi d'un profond silence. Lorsque mes parents bavardent ainsi, je suis incapable de m'endormir. J'ai la désagréable impression qu'ils parlent de moi.

Ce soir-là, les murmures en provenance de la chambre de mes parents durèrent plus longtemps que d'habitude. Je cherchais le sommeil. Je pensais à Noël. Trois jours encore, et je serais en vacances. Puis je songeais à ma mère. Tout à l'heure, elle avait paru tellement bouleversée par ma demande. Je regrettais presque de m'être confiée à elle.

Le lendemain, le déjeuner fut pénible. Nous avions des têtes d'enterrement. Ma mère avait les paupières gonflées. Elle avait sûrement passé une nuit affreuse. Mon père gardait le silence. Mon frère me regardait d'un air interrogateur. Comme je ne réagissais pas, il devina que je devais être la cause du désarroi de mes parents. Il s'empressa d'engloutir son gruau et ses rôties et se dirigea vers l'étable.

Ce jour-là, comme tous les samedis, je devais aider maman. Mon père a toujours été intransigeant là-dessus. «Un garçon doit travailler à l'extérieur, comme un homme; une fille doit apprendre à tenir la maison», répète-t-il souvent.

Ce matin-là, je crus qu'il ne serait pas sage de contester ce principe désuet. Aussi, après le déjeuner, je m'empressai de faire la vaisselle. Cela me permit d'échapper au silence oppressant qui régnait dans la maison. Ma mère quitta la cuisine. Mon père alluma tranquillement sa pipe.

– Josée, viens t'asseoir, dit-il. Je voudrais te parler.

Son ton solennel m'inquiéta.

– Tu sais, Josée, nous avons longuement discuté, ta mère et moi, hier soir.

Après un long silence, il reprit :

– Nous t'avons adoptée lorsque ton frère avait à peine quatre ans. C'était au début d'août. Tu étais mignonne avec tes cheveux blonds et tes yeux bleus.

Papa me donnait l'impression de revivre une période extraordinaire de sa vie.

– À cette époque-là, poursuivit-il, nous savions que nous ne pouvions plus avoir d'autres enfants. À la naissance de ton frère, ta mère a bien failli mourir.

Mon père resta silencieux un long moment.

– Après ton adoption, enchaîna-t-il, ta mère a repris goût à la vie. Elle t'a beaucoup dorlotée! Nous étions heureux. Tu étais tellement belle et gentille. Tu ne pleurais jamais et tu souriais tout le temps. Je n'ai jamais connu un enfant comme toi.

Mon père tirait lentement sur sa pipe. J'étais fière d'avoir apporté tant de bonheur à mes parents. J'étais triste toutefois de ne pas me rappeler cette période de ma vie.

– Je ne voulais pas chagriner maman, dis-je.

Papa se leva et me prit délicatement la figure dans ses mains rudes. Il me regarda droit dans les yeux, puis déclara d'un ton solennel :

– Quoi qu'il arrive, Josée, souviens-toi que je t'aime. N'oublie jamais ça. Quoi qu'il arrive.

J'aurais aimé comprendre le sens de

ces mots. J'avais l'impression que papa voulait me dire que je connaîtrais des moments encore plus difficiles. Mon père a de la difficulté à s'exprimer, surtout lorsqu'il aborde des sujets délicats.

– Aujourd'hui, suggéra-t-il, fais un effort pour aider ta mère. Je pense qu'elle a besoin de toi dans la maison.

J'aurais voulu poursuivre cette conversation. Dire à mon père que je les aimais bien, tous les deux, mais que j'étais quand même obsédée par le désir de retrouver ma vraie mère. Je n'étais plus capable de prononcer une seule parole. J'avais une boule dans la gorge.

En janvier, lorsque je retournai à l'école, j'avais presque oublié mon mauvais tour. Mme Sauvé n'y fit jamais allusion. Toutefois, je sentis qu'elle se méfiait de moi.

Comme je ne pouvais plus communiquer avec elle, je trouvais le temps long à l'école. Je me mis alors à dessiner passionnément. Je représentais presque toujours la même femme. Elle avait des cheveux longs et un corps aux formes incertaines. Je la dessinais dans mes cahiers d'exercices, mon agenda et même sur les feuilles que mon professeur me remettait. Mme Sauvé ne fit rien pour m'empêcher de me livrer à mon nouveau passe-temps. Peut-être parce que j'étais devenue sage. Je ne parlais plus aux autres élèves.

Durant les derniers mois de ma sixième année, je me souviens également de m'être intéressée à la peinture. Notre professeure nous montrait parfois des reproductions de grands peintres. Elle nous racontait des anecdotes sur leur vie. C'était la première fois que j'entendais les noms de Gauguin, Toulouse-Lautrec, Picasso. Les élèves en profitaient pour s'amuser. Moi, j'étais attentive. J'observais chaque nouvelle œuvre avec un intérêt grandissant. J'étais fascinée par les portraits, surtout les portraits de femmes.

Un jour, Mme Sauvé nous montra une reproduction d'une peinture de Toulouse-Lautrec. Après le cours, je me rendis à la bibliothèque de l'école. Je demandai un ouvrage sur ce peintre. Malheureusement, il n'y en avait pas. J'en parlai à mon oncle Arthur, qui est professeur au cégep. À peine deux jours plus tard, il me présenta le bouquin de mes rêves. C'était un livre cartonné, rempli de magnifiques planches en couleurs. «Je te le donne», dit-il.

J'examinai attentivement toutes les reproductions. L'une surtout me fascinait : elle représentait une jeune dame assise à une table. Ses longs cheveux roux lui descendaient de chaque côté de la figure. Son visage était triste. Ses yeux étaient profonds et pensifs. Ce portrait m'émerveillait à un point tel que je me mis en tête de le reproduire.

Je demandai donc à Mme Sauvé de me donner une feuille. Heureuse de m'encourager dans ma nouvelle passion, elle m'en remit une très grande.

Je l'enroulai et l'emportai chez moi en prenant bien soin de ne pas l'abîmer. Dès mon arrivée à la maison, je montai à ma chambre et me mis à l'œuvre. Avec mes crayons de couleur, j'essayai de reproduire le plus fidèlement possible la physionomie et l'expression de mon modèle. Si mon imitation était loin d'être parfaite, j'étais quand même fière de mon œuvre. Je l'affichai au-dessus de ma table de travail. Le dessin et la peinture m'obsédaient. Je ne m'intéressais à rien d'autre. Mes résultats scolaires s'en ressentirent.

En fin d'année, Mme Sauvé tint à rencontrer mes parents. Elle leur communiqua mes résultats scolaires. Ils étaient plutôt médiocres. «Il y a lieu de s'inquiéter, précisa-t-elle, mais je crois qu'elle a certainement assez de talent pour faire son cours secondaire. Elle est capable d'efforts extraordinaires.»

Le lendemain, mon père me montra mon bulletin. J'avais une mention spéciale en arts plastiques. «Curiosité exceptionnelle», avait écrit Mme Sauvé.

— Tu n'as pas fini de nous surprendre ma fille, s'écria mon père. J'aimerais que tu sois un peu plus «curieuse» en mathématiques et en français. Ton professeur affirme que si tu ne travailles pas plus en première secondaire, tu ne réussiras pas.

— Je n'aime plus l'école, dis-je pour m'excuser.

— Tu devrais plutôt essayer de t'y intéresser. Tu sais que l'école est obligatoire jusqu'à seize ans. Si tu abandonnes tes cours, que feras-tu sans diplôme?

J'avais l'impression que mon père ne

me comprendrait jamais. J'étais incapable de lui exprimer ce que je ressentais, de lui communiquer mes angoisses. De toute façon, il n'écoutait pas. Je me sentais terriblement seule.

J'éprouvais une profonde douleur au fond de mon être.

Qu'allais-je devenir?

Chapitre 3
Mon oncle Arthur

Avant de vous raconter mes vacances, il faut absolument que je vous parle de mon oncle Arthur. Depuis un an surtout, il devenait de plus en plus présent dans ma vie.

Je venais de terminer mon année scolaire et ses visites me procuraient une distraction agréable. Il avait toujours un prétexte pour arrêter à la maison. Plus ses visites étaient fréquentes, plus mes parents s'inquiétaient. Mon père le trouvait «fendant» et ma mère lui reprochait d'être coureur de jupons. Je dois préciser que mon oncle était célibataire.

— Je n'aime pas que tu sois seule avec lui, dit un jour ma mère. Il n'a aucune raison de te parler en secret comme il le fait. On dirait qu'il court après toi.

— Quand même, maman. Il ne fait rien de mal. Nous bavardons ensemble. C'est tout.

— Ah! je sais qu'il ne te touchera pas. Mais ça risque de faire jaser la parenté.

Je comprenais l'inquiétude de mes parents, mais j'admirais mon oncle Arthur. J'aimais sa façon de parler de n'importe quoi avec assurance. Il avait des opinions sur tout et les défendait admirablement bien. Mon père ne pouvait avoir le dernier mot avec lui. Ma mère se contentait de sourire en écoutant ses grandes envolées oratoires.

Ce soir-là, lorsqu'il arriva dans sa Pontiac de l'année, j'étais dans ma chambre. En entendant le bruit de sa voiture, je me rappelai une conversation de mes parents à son sujet.

— S'il commence à venir trop souvent ici, je vais lui parler, déclara mon père.

— Quand même, reprit ma mère. Il est «coureur de jupons», c'est vrai, mais je suis convaincue qu'il ne fera jamais de mal à sa filleule. Il aime la taquiner, c'est tout.

— Moi, ça m'agace de le voir tourner autour de Josée. Et puis, je n'aime pas le voir tout simplement. Il m'énerve. Il est fendant et je n'ai rien à lui dire. Il sort des phrases toutes faites. Il parle comme s'il lisait un livre.

Bientôt, j'entendis la porte d'une auto se refermer bruyamment. Je me penchai à la fenêtre et je vis l'oncle Arthur sortir de sa voiture en souriant.

— Bonjour Marie, lança-t-il à ma mère. Comment va ma grande sœur? As-tu un petit morceau d'agneau pour un grand loup affamé?

— Tu sais bien que les loups affamés font peur, répondit ma mère. Entre quand même.

— Est-ce que Josée est là? demanda mon oncle. Je lui ai apporté un disque formidable.

Ma mère entra dans la maison et s'écria :

— Josée, descends! C'est ton oncle.

— Chut! reprit mon oncle. Ne la dérange pas. Je vais lui faire une surprise.

Rapidement, je me peignai, puis je

m'étendis sur mon lit. Je fermai les yeux et fis semblant de me reposer. Mon oncle monta l'escalier doucement, puis il frappa à la porte de ma chambre.

— Entrez! dis-je.

J'aperçus bientôt sa grosse figure ronde au front un peu dégarni. Mon oncle est bel homme. Il approche de la quarantaine, mais il ne fait vraiment pas son âge. Ce soir-là, son habit était très chic.

— Tiens! C'est vous mon oncle! dis-je, en feignant la surprise.

Il m'embrassa sur les deux joues, puis il me regarda droit dans les yeux.

— La belle grande fille! s'exclama-t-il. Tu deviens séduisante, tu sais. Je voudrais avoir encore quinze ans... Tiens, je t'ai apporté quelque chose qui devrait te faire plaisir.

Mon oncle me tendit un disque de Debussy. Il se retourna pour examiner ma chambre. Il aperçut bientôt mon dessin. Il l'observa longuement, avec une attention et un sérieux qui me troublèrent.

— Qui a fait ça? demanda-t-il.

— C'est moi. Je me suis amusée.

– Tu as très bien reproduit le tableau de Toulouse-Lautrec. Je te félicite. Tu aimes donc la peinture?

– Les arts plastiques me passionnent.

– Il faut être passionnée, ma fille. C'est excellent.

Mon oncle baissa le ton. On aurait dit qu'il voulait me confier un secret.

– Sans la passion, la vie n'a pas de sens, ajouta-t-il avec un sourire complice.

Mon oncle bavarda un long moment avec moi. Puis, il s'approcha de la porte et me dit : «Nous reprendrons cette conversation. Je dois te quitter. Il faut que j'aille aider ton père à l'étable. Autrement, il va me reprocher de ne pas avoir mérité mon souper!»

Mon oncle descendit l'escalier rapidement. Restée seule, je contemplai la pochette. J'avais hâte d'écouter mon disque. Je lus le titre : *Snowflakes Are Dancing*. «C'est bien mon oncle! pensai-je. Un disque en anglais.»

J'enlevai la pellicule et j'ouvris la pochette. Je plaçai le disque sur la table tournante. Ce fut une révélation! Je n'avais jamais rien entendu d'aussi beau. Cette musique me fit frissonner. J'avais l'impression que mon oncle avait deviné mes goûts.

J'eus le temps d'écouter toute la première face du disque. Les titres s'imprimaient dans ma mémoire : *Snowflakes Are Dancing*, *Rêverie*, *Gardens in the Rain*, *Clair de lune*, *Arabesque*. J'aurais voulu ne pas être dérangée, mais maman m'appela. Le souper était prêt.

— Tu as écouté Debussy, demanda mon oncle. Aimes-tu sa musique?

— J'ai écouté la première face...

— C'est la meilleure. Si tu aimes, je t'apporterai une autre version de cette pièce jouée au piano.

J'aurais voulu interroger mon oncle sur Debussy mais je n'osais pas devant mes parents et surtout pas devant Marcel. Mon frère aurait été capable de rire de moi. De toute façon, je n'aurais pas trouvé les mots.

J'avais beaucoup de difficulté à m'exprimer. Je me sentais incapable de parler intelligemment de musique ou de quoi que ce soit d'autre. Mon oncle était différent de moi. Voilà pourquoi je l'admirais tant. Il pouvait discourir avec intelligence sur n'importe quel sujet.

Pendant le souper, il fut question de mon séjour de deux semaines dans un camp de vacances. Mes parents projetaient un voyage dans l'Ouest canadien durant cette période. J'écoutais la conversation sans y prendre part. Je souhaitais regagner ma chambre au plus tôt. Heureusement, mon oncle partit presque tout de suite après le souper.

— Je suis obligé de vous quitter sauvagement, marmonna-t-il pour s'excuser.

Mon oncle me donna un baiser sur la joue et promit de m'apporter un autre cadeau dans trois semaines.

— Après ton camp de vacances, je reviens te voir, dit-il. Promesse de scout. Tu me parleras de Debussy.

Après son départ, je m'empressai de monter à ma chambre. J'avais hâte de faire jouer la seconde face du disque. Je fus déçue. Seul le dernier morceau (*Footprints in the Snow*) me procura quelques frissons. Je remis la première face que j'écoutai je ne sais combien de fois.

La quatrième plage, intitulée *Clair de lune* me faisait surtout rêver. Je me voyais marchant tranquillement dans un champ. Mes pieds touchaient à peine le sol. Je me dirigeais vers une maison basse perdue au loin dans la brume du soir. Je m'approchais, à la fois effrayée et heureuse.

La porte de cette demeure s'ouvrait toute grande. J'apercevais alors une lumière, au fond d'une vaste pièce. Elle éclairait une femme assise à une table sur laquelle reposaient ses deux bras. Une épaisse et longue chevelure rousse tombait sur ses épaules. À travers cette chevelure qui lui voilait partiellement la figure, je distinguais les traits de son visage empreint d'une certaine tristesse.

Lentement, la femme levait la tête. Elle me regardait. Elle esquissait un sourire qui illuminait toute sa physionomie. Elle semblait me reconnaître.

Chapitre 4

La baignade

Au début de l'été, je n'avais d'autre chose à faire que de préparer mon camp de vacances. Pour occuper mes moments libres, je dessinais tout en écoutant le disque de mon oncle Arthur. Mon comportement inquiétait mes parents.

Je l'appris un jour. Me croyant sortie, ils discutaient à mon sujet :

— La préparation du camp la distrait. J'aime mieux ça que de la voir enfermée pour écouter la musique d'Arthur, s'écria ma mère.

— Je me demande s'il ne fait pas exprès pour lui faire perdre la tête, reprit mon père. Il n'est pas normal, ce fendant-là.

– Je ne sais pas ce que Josée aime dans ce disque, s'exclama ma mère. Elle le fait jouer constamment. Son frère est en train de devenir fou à force de l'entendre.

– Je souhaiterais qu'elle s'intéresse aux travaux de la ferme, répondit mon père. Ça lui ferait du bien de sortir un peu au grand air. On n'a pas idée de passer des heures à écouter de la musique et à dessiner. La petite Garneau conduit le tracteur de son père. Je trouve qu'elle est plus équilibrée.

Je restai bien tranquille dans ma chambre. J'évitai de leur signaler ma présence.

Dans ma tête, une chose était certaine. Je ne conduirais pas de tracteur et je ne passerais pas ma vie sur une ferme. Même avec un prince. Je ne méprisais pas le métier de mes parents, mais je ne voulais pas suivre leurs traces.

J'étais très anxieuse de quitter la maison pour deux semaines. Je ne laissai pas paraître mon angoisse. Je donnai plutôt l'impression que j'attendais avec joie le

départ pour ce camp dans les Lauren-
tides.

Mes parents vinrent me conduire à
l'autobus qui partait de Châteauguay.
Contrairement à ce que j'appréhendais,
ma première semaine au camp fut extraordinaire. J'adorais vivre sous la tente
avec mon amie Suzanne. Les premières
nuits, elle se montra peureuse comme
un jeune poussin séparé de sa mère pour
la première fois. Je réussis à la sécuriser.
Au début de la deuxième semaine, elle
me faisait confiance et me suivait partout. Un peu trop à mon goût parfois.

Le mercredi de la deuxième semaine,
je lui proposai une excursion. Je voulais
m'éloigner du groupe. Elle accepta à la
condition que nous emmenions Nicole,
une fille rousse un peu triste qui n'avait
pas d'amies. Nous partîmes toutes les
trois en projetant de revenir avant 4 heures.

Nous quittâmes le camp vers 1 heure.
C'était un après-midi splendide. Le soleil
était radieux. Quelques insectes nous
incommodaient parfois, lorsque nous tra-
versions des sous-bois. Nous marchâmes
environ une heure dans un sentier qui

nous mena au pied d'une colline. Un ruisseau descendait entre les arbres et se jetait dans un étang. Une minuscule chute d'eau aiguisa notre soif. Je pris une gorgée d'eau fraîche. Suzanne fit de même. Jusque-là très réservée, Nicole remplit ses deux mains et nous aspergea. Le jeu devint vite un combat à trois. Bientôt, mes deux compagnes cherchèrent un coin de soleil pour se reposer et sécher leurs vêtements.

Sans réfléchir aux conséquences de mon geste, je me dévêtis et entrai tranquillement dans l'eau fraîche.

Incrédules et ahuries, mes compagnes me criaient :

— Josée, ne fais pas ça! Si quelqu'un arrivait.

Je me moquai d'elles.

— Venez, leur dis-je, c'est extraordinaire.

— Écoute! me répondit Suzanne, prise de panique, il y a quelqu'un là-bas caché derrière un arbre.

Croyant qu'elle voulait m'effrayer, je nageai dans cette direction. Mais soudain, je me rendis compte que Suzanne avait dit vrai. Entre deux brasses, j'aper-

36

çus un garçon dissimulé derrière un arbre. Il m'épiait. Je fis demi-tour et me dirigeai vers la grosse roche où j'avais laissé mes vêtements.

Au moment où je sortais de l'eau, j'entendis distinctement quelqu'un crier :

– Venez voir, une fille complètement à poil!

De l'autre côté de l'étang surgit un groupe de garçons. Je disparus derrière un bouquet de fougères.

Je n'entendais plus mes compagnes. Je commençais à m'inquiéter lorsqu'une des responsables du camp surgit devant moi. Elle semblait tellement énervée que je me demandai si un malheur n'était pas arrivé à Suzanne et Nicole.

– Qu'y a-t-il? dis-je en tenant mes vêtements serrés contre ma poitrine.

– Ma pauvre fille, es-tu folle? En pleine forêt. On n'a pas idée! Tu veux absolument faire un scandale? Habille-toi tout de suite!

En peu de temps, tout le monde fut au courant de mon aventure pour le moins cocasse. Durant les jours qui suivirent, les filles m'examinèrent comme si j'appartenais à une espèce étrange.

De retour à la maison, mes parents connaissaient déjà toute l'histoire. La nouvelle s'était répandue dans toute la municipalité de Sainte-Martine. On racontait que je m'étais perdue en forêt avec deux compagnes. On disait que de jeunes voyous nous avaient molestées et qu'ils avaient essayé de nous violer. Certains même affirmaient que je leur avais échappé en me précipitant dans l'eau glacée d'un étang.

Peu de temps après leur retour de vacances, mes parents organisèrent une soirée pour montrer les photos prises durant leur voyage. L'oncle Arthur était au nombre des invités. La conversation tomba bientôt sur mon séjour au camp. Mes oncles et mes tantes parlèrent en termes voilés de ma conduite scandaleuse. Après avoir entendu à peu près tout le monde, mon oncle Arthur prit habilement ma défense :

– Josée, je voudrais bien savoir une chose. Est-ce que l'eau était fraîche au moins? me demanda-t-il en souriant.

Je n'ai pas eu besoin de répondre. Tout le monde éclata de rire.

Ce soir-là, mon oncle Arthur était

entré à mon insu dans ma chambre. Il avait laissé un sac sur mon bureau. Lorsque je l'ouvris, je trouvai un livre. Une note l'accompagnait.

Josée,

Je te donne un livre intitulé Le Petit Prince. *Je sais que tu le liras au moins une fois pour me faire plaisir...*

Permets-moi un conseil, chère filleule. Fais attention. Il n'est pas toujours prudent de se baigner nue.

Bonne fin de vacances.

Ton parrain.

Tout en mettant mon pyjama, j'examinai le dessin que j'avais affiché sur le mur.

La femme aux cheveux roux semblait me fixer. Jamais son visage ne m'avait paru aussi triste. Je m'approchai et je vis alors quelque chose de stupéfiant. On aurait dit que ses lèvres s'entrouvraient. Que se passait-il? Étais-je en train d'halluciner? Je fermai les yeux. Je ne voulais pas voir ses lèvres bouger. Je ne voulais surtout pas l'entendre parler. Au plus profond de moi, je savais bien ce qu'elle voulait me dire. Je savais qu'elle blâmait ma conduite au camp de vacances. J'eus envie d'enlever le dessin pour ne plus sentir ce regard accusateur posé sur moi. Je n'en fis rien, toutefois. J'avais trop besoin de la présence de la femme aux cheveux roux dans ma chambre.

Chapitre 5

Le Petit Prince

Le conte du «petit prince» m'a emballée. J'en lisais quelques pages tous les soirs avant de m'endormir. Son auteur, Antoine de Saint-Exupéry, raconte l'histoire d'un petit garçon originaire d'une autre planète.

Un jour, le petit prince rencontre un aviateur tombé en panne en plein désert. Durant tout le récit, il relate à l'aviateur son histoire. Ce petit garçon est un être étrange qui, comme moi, aime le dessin. Il comprend même le langage des fleurs et des animaux.

Trois passages m'ont bouleversée. Je

les ai appris par cœur. Le premier raconte une scène d'adieu. Le petit prince quitte une fleur qui vivait sur sa planète d'origine.

— Mais oui, je t'aime, lui dit la fleur. Tu n'en as rien su, par ma faute. Cela n'a aucune importance. Mais tu as été aussi sot que moi. Tâche d'être heureux.

Je m'imaginais être la fleur. Un garçon séduisant m'adressait ces mots à la fois tendres et déchirants. Ce rêve me bouleversait et me faisait frissonner.

Je trouvais tout aussi émouvant le passage où le renard confie son secret au petit prince.

— Adieu, dit le petit prince.

— Adieu, dit le renard. Voici mon secret. Il est très simple : on ne voit bien qu'avec le cœur. L'essentiel est invisible pour les yeux.

Lorque j'ai lu ce passage pour la première fois, je ne l'ai pas bien compris. J'ai tendu le livre à mon père. J'aurais voulu lui exprimer ce que je ressentais. En lisant ce texte, je m'imaginais en sa compagnie. Il me tenait par la main et me conduisait dans le désert. Je me revoyais toute petite. Il me prenait dans ses bras et me berçait.

Mon père feuilleta le livre. Au bout d'un moment, il déclara :

– Je ne comprends rien. Ah! ces histoires de ton oncle Arthur! Ce paresseux-là va finir par te tourner la tête.

Sa réflexion m'attrista. Je me jurai de ne plus lui parler du petit prince.

J'aurais aimé rejoindre mon père, lui parler vraiment. Il me remit le livre du petit prince. J'étais triste. J'avais l'impression qu'il ne me comprenait pas du tout. Mon monde de rêves lui était étranger. Je trouvais cela dommage.

Je m'enfermai dans ma chambre. Je lus un autre passage qui me faisait particulièrement vibrer. Le petit prince et son aviateur sont assoiffés :

– Cherchons un puits... déclara le petit prince.

– Il est absurde de chercher un puits, au hasard, dans l'immensité du désert, pensa l'homme.

L'aviateur et le petit prince marchèrent quand même vers le puits. Je rêvais que cet homme était mon père. Moi, j'étais le petit prince. Tout à coup, je voyais une silhouette se profiler près d'un puits... Je croyais que c'était ma vraie mère.

* * *

Un soir, mon oncle Arthur vint à la maison. J'étais seule dans la cuisine. Je lui servis un café. Nous jasâmes longtemps. Je lui parlai de mes lectures. Je lui confiai mes rêveries. «Lorsque je lis *Le Petit Prince*, dis-je, je pense à mon père. J'imagine aussi que je retrouve ma vraie mère.» Mon oncle m'écouta attentivement. Son sourire était plein de sous-entendus.

— Veux-tu que je te fasse un aveu? déclara-t-il.

— Oui, mon oncle. Allez-y.

— Ta mère a raison. Tu es une personne imprévisible. Tu n'as pas fini de nous surprendre.

— Pourquoi dites-vous cela?

— Parce que je le pense. Je suis très fier de toi, dit-il en riant. Je t'ai donné un livre. Mais toi, tu me fais, en ce moment, le plus beau des cadeaux.

— Que voulez-vous dire?

— Je vais te répondre comme le renard. Te souviens-tu de ce passage où il dit au petit prince : «On ne connaît que

les choses que l'on apprivoise.»
Aujourd'hui, j'ai l'impression de t'apprivoiser.

Ce soir-là, seule dans ma chambre, je relus ce passage avec plus d'attention que jamais.

Chapitre 6

Mon escapade

Au mois d'août de cette année-là, je me retrouvai seule à la maison avec mon frère Marcel. Mes parents étaient partis passer quelques jours dans la région de Charlevoix. Je leur avais promis d'être sage en leur absence. J'avais fait mon possible pour préparer un dîner convenable. Nous mangions silencieusement, Marcel et moi.

— Donne-moi du lait, ordonna soudain mon frère.

Le lait était dans le réfrigérateur. Je venais tout juste de m'asseoir. Je fis semblant de ne pas entendre. Comprendrait-il que je n'avais pas l'intention de le servir.

— Es-tu sourde? Je t'ai dit de me donner du lait, lança-t-il d'un ton tranchant.

Marcel se montrait insolent parce que mes parents étaient partis. Il voulait me signifier qu'il était le maître de la maison. Il était certain que je me fâcherais. Je décidai de rester calme. Je me levai de table et montai tranquillement à ma chambre. Je n'en ressortis qu'une fois certaine qu'il avait quitté la maison.

J'enviais mon frère Marcel. Il ne vivait pas mon drame. Il avait son vrai père et sa vraie mère. Et puis, parce qu'il était un garçon, il avait droit à une foule de privilèges. Il n'était pas obligé de faire la vaisselle, de passer la vadrouille, d'épousseter, de repriser.

Je me rappelle encore le cours d'économie familiale que mon frère a suivi il y a deux ans. Il devait apprendre à coudre et à cuisiner. Mon père et lui n'arrêtaient pas de ridiculiser ce cours qu'on imposait aux garçons! Un jour, Marcel eut à tricoter un foulard. Évidemment, il confia cette tâche à ma mère. Pour l'examen du cours de cuisine, il fit un gâteau. Il en parle encore. Il avait délibérément mélangé à la pâte deux cuillerées à soupe de poivre. Lorsque ses copains le mangèrent, ils faillirent bien s'étouffer.

Mon frère est insupportable. Mes parents ne lui voient pas de défauts. Moi, je pense qu'il est grossier, égoïste et paresseux. Mais, par-dessus tout, il est sexiste.

Si je reste un peu trop longtemps dans la salle de bains, mon frère exige que je sorte. Il a la tâche de sortir les déchets, mais il veut toujours que je l'aide ou que je le remplace.

Un soir, nous avons eu une querelle mémorable. Les lumières de nos chambres fonctionnaient à partir d'un même interrupteur. Celui-ci était placé sur le mur en haut de l'escalier.

Je fis une erreur impardonnable. J'éteignis la lumière sans le prévenir. Comme il lisait, il n'a pas du tout apprécié mon geste.

— De quoi tu te mêles encore? Tu me cherches ou quoi? cria-t-il d'une voix furieuse.

— Ce que tu peux avoir un sale caractère! répliquai-je d'un ton agressif.

— On n'a jamais cinq minutes de paix

avec toi!

— Non, mais j'ai le droit de vivre, moi aussi!

— Tu es vraiment détestable. Une chance que tu n'es pas ma vraie sœur.

Ces paroles m'atteignirent profondément. J'avais l'impression que mon frère m'avait lancé une flèche empoisonnée. Comment pouvait-il être aussi cruel et insensible? Il n'avait pas le droit de dire cela. Non, il n'avait pas le droit. Je ne répondis pas à sa remarque. Je ne trouvais plus les mots. J'étais paralysée. Je n'arrivais même pas à pleurer ou à crier mon indignation.

Mon père entendit nos éclats de voix. Toutefois, je suis sûre qu'il ne comprit pas les paroles blessantes de Marcel. Il monta l'escalier et nous rejoignit.

— Les enfants, ça suffit, lança-t-il. Demain, je réglerai cette histoire de lumière. Maintenant, arrêtez de vous chamailler.

Le lendemain, mon père passa une partie de la journée à installer un interrupteur dans chacune de nos chambres. Ma mère était en colère. Elle me fit des reproches.

— Josée, tu n'es pas raisonnable. Tu

ne devrais pas faire travailler ton père ainsi. Tu pourrais être un peu plus gentille avec ton frère, déclara-t-elle.

Il y a des mots qui me mettent hors de moi. Le mot «gentille» en est un. En écoutant ma mère, j'eus l'impression d'être piquée par une abeille :

– Gentille? Pourquoi serais-je gentille? Est-ce que vous demandez à Marcel d'être gentil? Il peut tout faire ici, parce qu'il est un garçon. C'est trop injuste.

– Ne te mets pas dans un tel état, répondit ma mère. J'aimerais seulement que vous vous entendiez un peu mieux, ton frère et toi.

– Qu'il commence par être un peu plus gentil, lui.

Ma mère se tut. Elle protège toujours mon frère. Même s'il ne fait rien dans la maison. Évidemment, Marcel est tout heureux de la situation! Pourquoi s'en plaindrait-il?

Ce qui me choque, c'est que maman voudrait que je fasse plus de travaux domestiques. Moi, je considère qu'elle est trop dévouée. Elle a toujours une chemise à repasser ou un bouton à coudre. J'entretiens mes vêtements et il m'arrive de l'aider pour ceux de papa. Pour ceux de Marcel, jamais! J'en suis incapable.

– Pourquoi Marcel n'apprendrait-il pas à prendre soin de ses vêtements? Je le fais bien, moi, dis-je.

C'est une drôle de maison que la nôtre. Les femmes doivent toujours s'efforcer de servir les hommes. Eux, ils n'ont pas besoin d'être serviables. Tout leur est dû! Je ne suis pas d'accord.

* * *

Je lisais dans la cuisine lorsque j'entendis une pétarade à l'extérieur. C'était Pascal sur sa motocyclette. Ce garçon n'était pas particulièrement bienvenu chez nous. Mes parents se méfiaient de lui. Ils le jugeaient trop entreprenant avec les filles. Mon frère, qui rêvait d'avoir une moto, était jaloux de lui.

– Viens-tu faire un tour? me demanda-t-il en désignant un casque placé derrière lui.

C'était la première fois que je le regardais vraiment. Il était plutôt beau garçon. Il avait les épaules larges et tenait toujours le menton un peu élevé. Cela lui donnait un petit air hautain que je ne détestais pas. Il venait tout juste d'avoir sa moto et aimait la montrer à tout le monde.

Sans réfléchir, je répondis à Pascal :

– Attends-moi. J'en ai pour quelques secondes.

Je montai à ma chambre. J'enfilai un pantalon et un chandail, puis je sortis à la hâte.

– Ça va, dis-je. Je suis prête. Je t'accompagne, mais je veux être de retour pour 6 heures. Compris?

– O.K. fillette. Je te ramène à 6 heures. Juré!

Je n'avais jamais fait de moto. Au début, le casque me serrait la tête. Je regrettais presque d'avoir accepté l'invitation de Pascal. Je le tenais fermement par la taille. Lorsqu'il accélérait, je me cramponnais encore plus fort. Dans les courbes, j'avais l'impression que le véhicule allait quitter le chemin pour s'envoler. J'étais à la fois effrayée et ravie. Je n'avais jamais éprouvé de pareilles sensations. Le puissant engin me faisait frissonner.

Blottie derrière Pascal, je ne voyais rien devant moi. Lorsque je regardais de côté, le paysage défilait tellement vite que je me sentais étourdie. Je fermai les yeux pour mieux goûter ces instants de rêve et d'évasion. Je commençais à m'inquiéter de la distance parcourue. Bientôt nous arrivâmes à Valleyfield. Nous nous arrêtâmes au parc Sauvé. J'y étais déjà venue pique-niquer avec mes parents.

Pascal me présenta un grand blond frisé qu'il connaissait. Ils prirent une bière ensemble, en parlant motos. Afin de me donner de l'assurance, je bus quelques gorgées de bière dans une bouteille et j'acceptai une cigarette. Je prenais de petites bouffées. Le goût était épouvantable. Tout à coup, je me sentis étourdie. Dès que je fermais les yeux, la tête me tournait de façon inquiétante.

— Je vais marcher un peu, dis-je à Pascal.

— Tout va bien? interrogea celui-ci.

— Oui, oui. Je veux juste me dégourdir un peu.

Je m'éloignai. J'écrasai ma cigarette et pris de grandes respirations. Après quelques minutes, j'allais mieux. Heureusement. Je ne voulais pas refaire le chemin que nous avions parcouru avec une tête qui était sur le point d'éclater.

– On y va, fillette, s'exclama Pascal en s'approchant de moi.

Je n'aimais pas qu'il m'appelle «fillette», surtout devant les autres. Mais je n'osai pas lui manifester mon mécontentement. J'étais heureuse de quitter Valleyfield. Au retour, Pascal passa par Saint-Louis-de-Gonzague. Il s'arrêta pour saluer l'un de ses amis. Nous reprîmes la route. Il était 5 heures passées. Je commençais à être vraiment inquiète. Sans raison évidente, Pascal s'arrêta dans l'entrée d'une route secondaire.

– Il faut que je sois à la maison bientôt, dis-je.

– Pourquoi?

– Je dois préparer le souper de Marcel.

Ce n'était pas la vraie raison. Mes parents avaient promis de téléphoner vers 6 heures. Je voulais absolument être de retour pour leur appel. Je ne voulais pas les inquiéter.

– Écoute donc, fillette! lança Pascal. Ton grand frère ne mourra pas s'il doit, pour une fois, se faire cuire un œuf! Moi, ça m'arrive de préparer mes repas.

– Ramène-moi à la maison tout de

suite, m'écriai-je. Mes affaires ne te regardent pas.

– O.K. Pleure pas, fillette.

– Cesse de m'appeler fillette, tu m'énerves.

Brusquement, Pascal m'enlaça et m'embrassa. Avant que je n'aie eu le temps de revenir de ma surprise, il s'éloigna de moi.

– Ça, qu'est-ce que tu en dis? Je ne suis pas fou. Je sais bien que tu n'es plus une petite fille.

Il chercha à m'étreindre de nouveau. J'étais révoltée par son geste et par ses paroles. J'avais l'impression qu'il souillait mes rêves les plus intimes. Ce premier baiser, combien de fois ne l'avais-je pas imaginé? Et voilà que ce jeune blanc-bec, fendant et macho me coupait les ailes. Son étreinte dénuée de passion et de sentiment me laissait un goût de fiel dans la bouche.

Pascal m'avait dérobé mon premier baiser. Il avait violé un de mes rêves. Je ne le lui pardonnerais jamais. Je ne voulais pas rester un instant de plus avec lui. Je m'éloignai de son corps et je courus à toutes jambes sur la route. Au loin, Pascal m'ordonna de revenir.

Mais je ne l'écoutai pas. Je continuai de fuir comme une bête blessée.

Au bout de plusieurs minutes, je fis du pouce. Une auto s'immobilisa. Je me précipitai vers elle et refermai la porte en haletant.

Le conducteur était un homme d'environ cinquante ans. Il avait un regard paisible et une voix paternelle qui me rassurèrent.

Lorsque j'arrivai à la maison, vers 6 h 30, mon frère mangeait sa soupe. Après quelques moments d'un lourd silence, il déclara :

– Maman a appelé il y a vingt minutes.

Nous terminâmes notre repas en silence.

– Je vais finir le train, lança bientôt Marcel.

Mon frère se rendit à l'étable. Je pensais à mes parents. Ils devaient être terriblement inquiets. J'ignorais ce que Marcel avait raconté à ma mère. Je préférais ne pas le lui demander. De toute façon, il ne m'aurait pas dit la vérité.

Je regagnai ma chambre et m'étendis

sur mon lit. J'étais triste et malheureuse. Cette nuit-là, je fis un rêve bien étrange.

Pascal arrivait sur sa moto. Marcel sortit de la maison et l'injuria. Alors, je sortis à mon tour et montai derrière Pascal. Mon frère essaya de nous barrer le chemin, mais Pascal fonça sur lui à vive allure. Mon frère dut se jeter dans le fossé pour éviter d'être frappé.

Après des heures de route, nous franchîmes de hautes montagnes, puis nous pénétrâmes dans un désert. Devant nous, il y avait du sable à perte de vue. Ni arbres, ni montagnes. Que du sable blanc! Nous jetâmes nos casques au loin et nous filâmes à toute allure, les cheveux au vent. Tout à coup, un soleil trop éblouissant aveugla Pascal. Il perdit le contrôle de la moto. Le véhicule bondit et nous désarçonna. On aurait dit un cheval fou. Pascal et moi volâmes dans les airs pendant plusieurs secondes.

Je me retrouvai bientôt à demi enfouie dans le sable. J'étais complètement perdue et étourdie. Je ne voyais plus Pascal. Au loin, la moto continuait de faire des sauts désordonnés. Lorsque je repris conscience, j'aperçus une dame. Elle

émergeait lentement des nuages et s'avan-
çait vers moi. De longs cheveux roux lui
cachaient partiellement la figure. Elle me
souriait tristement.

Chapitre 7

Mon premier échec

Mes parents revinrent de leur promenade une journée plus tôt que prévu. Mon père était particulièrement furieux. Je ne sais pas ce que mon frère lui avait raconté, mais je sentais que le temps était à l'orage.

Un soir, après le souper, je voulus filer en douce et éviter ainsi de faire la vaisselle. Ce truc réussissait parfois. Ma mère préférait souvent faire le travail toute seule plutôt que de supporter ma mauvaise humeur. Mon père m'avait un peu plus à l'œil depuis son retour précipité.

— Josée, tu fais la vaisselle! ordonna-t-il en me voyant sortir de la cuisine.

— Oui, papa. Tout à l'heure.

— Ça veut dire quoi, ça, s'il te plaît?

— Je dois faire un téléphone. C'est défendu? dis-je sèchement.

Mon père m'attrapa par le bras et m'ordonna rudement de m'asseoir. Ma mère quitta la table et se dirigea vers sa chambre. Je crois qu'elle pleurait.

— Je te défends de me parler sur ce ton, hurla mon père. Pour une fois, tu vas m'écouter. Je ne sais pas si tu réalises ce qui se passe dans cette maison, mais tu vas nous rendre fous. À te voir, on jurerait que tu es «Aurore, l'enfant martyre». On a tout fait pour que tes vacances soient agréables. On t'a même envoyée dans un camp. Pour nous remercier, tu t'es permis de faire un beau scandale. On ne t'a pourtant presque rien demandé, cet été. Tu pouvais, à ta guise, lire, écouter de la musique, aller où bon te semble avec des amis.

On part quelques jours en te demandant de rester tranquille... Tu as trouvé le moyen de nous inquiéter avec le gars le plus fainéant de la paroisse. Tu nous avais pourtant promis de rester avec ton frère. Après avoir appris que tu n'étais pas à la maison, ta mère s'est sentie coupable. Et nous sommes revenus pour te surveiller!

Après quelques secondes de silence, mon père reprit plus calmement son monologue. Je pense que lui aussi avait envie de pleurer.

– Josée, poursuivit-il sur un ton très doux, essaie de réfléchir un peu, je t'en supplie. Nous sommes épuisés. Ta mère fait pourtant tout ce qu'elle peut pour te rendre heureuse. Tu ne pourrais pas sourire une fois de temps en temps? Il faut toujours te demander les choses comme si tu étais une employée, ici. Tu es pourtant un membre de la famille. Josée, je ne sais plus quoi te dire.

Jamais je ne m'étais sentie aussi triste. Mon père avait raison. Je rendais tout le monde malheureux autour de moi. Pourquoi étais-je si désagréable? Je me rendais compte que je faisais tout de travers. Cependant, j'étais incapable de décider, comme ça, d'être joyeuse du jour au lendemain.

Je me rappelais les soirées d'antan. Mon père me prenait sur ses genoux, me faisait danser. Mon frère tournait autour de nous, puis faisait semblant d'être le grand méchant loup qui voulait me dévorer. Pourquoi ce doux temps de l'enfance était-il terminé?

Je montai à ma chambre. Ce soir-là, j'entendis mes parents jaser... «Heureusement que l'école va commencer bientôt», s'exclama mon père. Je savais que j'aurais plusieurs professeurs. Cela m'angoissait.

Je me demandais pourquoi j'étais si différente des autres enfants de mon âge. Pour mon frère, tout semblait facile. Il avait de bons résultats à l'école. Mes parents étaient fiers de lui. Moi, je réussissais mal en classe. Je commençais à penser que c'était beaucoup plus compliqué de vieillir pour les filles que pour les garçons.

En bas, mes parents ne bavardaient plus. Tout était silencieux dans la maison. Je pensais à mon oncle Arthur. Je l'entendais me demander, devant la famille ahurie: «Dis-moi une chose, Josée, est-ce que l'eau était fraîche au moins?» Je me suis finalement endormie en revoyant le visage souriant de mon parrain.

Mon père avait vu juste. Les préparatifs des classes donneraient un peu de répit à tout le monde. À la maison, j'étais un peu moins agressive, surtout envers mon frère. Je lui demandai quelques conseils sur ce que je devais faire à l'école. Ce rapprochement avec Marcel fut accueilli avec soulagement par mes parents. Marcel évitait d'être désagréable avec moi. Il lui arrivait même de me taquiner.

Le premier jour de classe arriva. J'étais très nerveuse d'entrer à l'école secondaire. Je revis mes compagnons et mes compagnes de l'année précédente sans grand enthousiasme. J'étais très préoccupée et inquiète.

On nous fit entrer dans le gymnase. Le directeur, un homme d'allure sévère, nous souhaita la bienvenue. Puis, il nous présenta nos professeurs. La titulaire de ma classe s'appelait Mme Montreuil. Nous l'avons suivie dans son local. Elle avait une petite voix pointue et criarde qui m'exaspérait. Je me suis dit : «Du calme. Si tu commences tout de suite à t'énerver, l'année va être longue!»

Mme Montreuil nous fit son petit boniment de circonstance puis elle nous expliqua les règlements. À mesure que les minutes s'écoulaient, les garçons s'agitaient de plus en plus. Ils chuchotèrent puis, peu à peu, ils firent des réflexions à voix haute. Nous avions de la difficulté à entendre ce que disait Mme Montreuil. Elle devait crier pour se faire comprendre. Sa voix m'agaçait de plus en plus. L'atmosphère était insupportable.

Heureusement, nous avions à peine une heure de cours la première journée. À 11 heures, j'étais de retour à la maison. Ma mère me demanda si j'avais revu mes amis.

— Oui, répondis-je. Mais tu devrais voir mon prof de français. Elle a une voix qui me tape sur les nerfs. Elle est vraiment affreuse.

— Comment s'appelle-t-elle?

— Mme Montreuil.

— Elle enseigne à ton école? lança ma mère, surprise.

— Tu la connais?

— Oui, mais j'ignorais qu'elle avait repris l'enseignement.

Ma mère ne voulut pas m'en révéler davantage. Elle se tut. Son silence était significatif. Elle savait des choses qu'elle ne voulait pas me dévoiler. J'en étais certaine.

Le lendemain, Mme Montreuil eut de la difficulté à maintenir l'ordre. Les garçons ne se gênaient pas pour bavarder entre eux. Les filles restaient plutôt tranquilles. Tant bien que mal, elles essayaient de comprendre les explications. À un moment donné, un élève pointa la porte. Nous aperçûmes le directeur qui nous regardait sévèrement... Le silence revint pendant quelques minutes, mais dès qu'il s'éloigna, le chahut reprit de plus belle.

À mesure que les jours passaient, Mme Montreuil perdait peu à peu le contrôle du groupe. Les garçons sortaient tout ce qui leur passait par la tête.

Un jour, nous corrigions nos devoirs. Nous devions répondre à la question suivante : «Trouvez le proverbe qui signifie que la santé de l'esprit est aussi importante que la santé du corps.»

La veille au soir, j'avais demandé à mon père s'il connaissait ce proverbe. Il me cita une phrase en latin : *Mens sana in corpore sano.*

— Tu vas paraître savante, dit-il.

Comme j'hésitais, mon père ajouta : «Je suis quasiment certain que ce proverbe figure dans les pages roses du dictionnaire.» Effectivement, je trouvai la citation et la transcrivis soigneusement. J'étais fière de l'effet que ça produirait.

Au moment de la correction, je soumis ma trouvaille à Mme Montreuil.

— Est-ce que *Mens sana in corpore sano* est acceptable?

Les élèves étaient très agités ce matin-là. Un nombre incroyable de questions et de réflexions suivirent mon intervention.

— Quoi? Qu'est-ce qu'elle a dit? demandèrent certains élèves.

D'autres répliquèrent :

— Ça veut dire la même chose.

— Ce n'est pas en français! cria un garçon.

Mme Montreuil essaya de rétablir l'ordre tant bien que mal, puis elle déclara sur un ton impératif :

— C'est faux. Pour avoir vos points, il faut avoir écrit : «Une âme saine dans un corps sain.» Je n'accepte pas d'autres réponses.

La classe se mit tout à coup à chahuter. Plusieurs élèves prirent ma défense.

– Où as-tu trouvé ça? demanda mon voisin Charles.

– Dans les pages roses du dictionnaire, lui dis-je tout bas.

Fébrilement, Charles feuilleta le dictionnaire et repéra la citation. Le brouhaha continuait de plus belle. Charles leva la main et s'écria :

– Madame, le proverbe est dans le dictionnaire Larousse. Je l'ai, ici. Est-ce que je peux le lire?

Charles était un élève appliqué qui en imposait à tous. Lorsqu'il intervint, les garçons cessèrent leur tumulte. Sans attendre l'autorisation de Mme Montreuil, Charles lut :

– *Mens sana in corpore sano* : Âme saine dans un corps sain. Maxime de Juvénal...

La fin de son intervention se perdit dans le chahut qui recommença de plus belle.

– C'est la même chose. Elle a droit à ses points! hurla un garçon.

– Vous ne savez pas le latin? ironisa un malin en s'adressant à Mme Montreuil.

Soudain, la porte s'ouvrit. Tous les élèves devinrent muets en apercevant le directeur qui semblait fort mécontent.

– Vous faites trop de bruit. Vous dérangez la classe voisine, grogna-t-il. Est-ce que je pourrais connaître la raison d'une pareille agitation?

Charles se leva :

– On discutait Monsieur. Josée a écrit : *Mens sana in corpore sano* au lieu de «Une âme saine dans un corps sain». On voulait savoir si sa réponse était bonne.

Le directeur jeta un regard furtif vers notre institutrice. Il s'était rendu compte que nous voulions mettre notre professeure en boîte. Il nous examina longuement, puis il déclara : «Tu me demandes si c'est la même chose. Eh bien, non! Une des phrases est en latin et l'autre est en français. Vous avez une enseignante. Remettez-vous en à elle. Maintenant calmez-vous.»

Mme Montreuil semblait fière de l'appui du directeur. Moi, j'étais de mauvaise humeur. Je perdis mes points.

Après le cours, Charles me rejoignit dans le corridor :

— Laisse tomber, Josée, conseilla-t-il.

— Ce n'est pas juste! Elle m'a volé dix points.

— Si tu t'entêtes, ajouta Charles calmement, ça sera pire. Cette femme-là est complètement détraquée.

J'avais hâte d'annoncer à mon père que sa phrase latine n'avait pas été acceptée. À plusieurs reprises, je m'étais plainte de ma professeure de français à mes parents. Chaque fois, ils l'excusaient. Cette fois-ci, mon père sourit avant de déclarer :

— Tu as raison d'être fâchée. Mais tes professeurs ont le droit de faire des erreurs.

— Ça ne me fait rien qu'ils fassent des erreurs. Mais ils ne doivent pas m'enlever mes points.

— Touché, reprit papa.

Mon père regarda ma mère et lui lança un sourire complice. Quelques jours auparavant, je les avais surpris en train de parler de Mme Montreuil.

— Ça n'a pas de sens, disait ma mère.

— Cette institutrice est complètement dépassée, c'est vrai, mais on ne peut quand même pas se plaindre, avait répondu papa.

Je voulais absolument réussir en français. Mon oncle Arthur m'avait dit d'un ton ferme : «Le dessin, c'est bien. Mais au secondaire, ma fille, il faut absolument que tu aies de bons résultats en français.» Je faisais des efforts louables pour mériter une bonne note au prochain bulletin.

Lorsque Mme Montreuil nous donna une composition à rédiger, je redoublai d'attention. Elle nous avait prévenus : «C'est la seule production écrite que je vais coter d'ici le premier bulletin.»

Ce vendredi-là, j'avais hâte de quitter l'école. J'étais disposée à consacrer une partie de ma fin de semaine à écrire mon récit d'aventures. Mme Montreuil nous remit une feuille qui nous fournissait toutes les directives. Elle insista sur le dernier paragraphe : «Votre héros ou héroïne doit être courageux et accomplir un exploit remarquable. Faites au minimum une page et demie.»

Je parlai de mon travail à mon frère. Marcel était un grand lecteur de Bob Morane. Il me suggéra d'inventer une histoire qui s'inspirerait de M. Fortin, un menuisier du village. Il avait la réputation d'avoir beaucoup d'argent caché dans sa boutique.

Je passai une partie de mon samedi à écrire. Je rédigeai trois pages. Le double de ce que le professeur avait demandé. Ma mère relut mon brouillon et m'aida à corriger mes fautes. «C'est intéressant, avoua-t-elle. Je suis certaine que M. Fortin serait heureux d'apprendre qu'il sera bientôt célèbre.» Moi aussi, j'étais fière de mon texte. Je le trouvais original et bien structuré.

Le lundi, je profitai d'un moment où les élèves travaillaient pour rendre mon devoir. J'étais la première élève à le remettre. J'espérais que Mme Montreuil le remarquerait. Toutefois, elle ne fit aucun commentaire. J'étais fort déçue.

Le vendredi, alors qu'elle ramassait les dernières copies, je lui demandai, le plus aimablement possible, si elle avait lu ma composition. Elle me répondit qu'elle attendait d'avoir en mains les travaux de tous les élèves pour commencer à corriger. J'étais désappointée.

Plusieurs jours plus tard, elle nous annonça la nouvelle que j'attendais tant.

«Je vous remettrai vos compositions au prochain cours, déclara-t-elle d'un ton maussade. Mais je vous avertis tout de suite, ce n'est pas fameux! Vos récits ne sont pas tellement remarquables. Et surtout, je n'aime pas corriger des brouillons! Je pense que la majorité d'entre vous n'ont pas relu leur texte avant de le mettre au propre!»

Je ne m'inquiétais pas pour autant. Sa remarque s'adressait sûrement aux autres. Mon récit à moi était «remarquable». J'avais corrigé mon brouillon. Je l'avais même fait relire par ma mère. De plus, j'avais transcrit mon texte soigneusement.

Le lendemain, Mme Montreuil annonça : «Nous allons procéder ainsi. Je vous remets d'abord vos copies. Ensuite, vous travaillerez avec votre voisin ou votre voisine et vous corrigerez vos fautes. Je vous demande de ne pas parler trop fort.» Mme Montreuil prononça sa dernière phrase en criant presque.

Elle remit les travaux. Aux élèves qui avaient une bonne note, elle disait : «Bon travail» ou «J'ai aimé ton personnage». J'avais particulièrement hâte d'entendre la réflexion qu'elle me ferait. Toutefois, elle déposa ma copie sur mon bureau et s'éloigna, sans prononcer une seule parole. Je m'empressai de lire ce qui était écrit en haut de la première page. «Dommage, Josée. Vous êtes passée à côté du sujet. Votre héros n'est pas courageux.»

Je lus et relus ce commentaire écrit en rouge. Plus je lisais, plus tout s'embrouillait dans ma tête. J'étais atterrée. Je ne comprenais rien. Je n'en croyais pas mes yeux : 55 %. J'avais travaillé comme une folle et j'obtenais cette note affreuse. C'était impossible.

Mon voisin Charles me sortit de mes réflexions angoissantes :

— Josée, veux-tu travailler avec moi? demanda-t-il gentiment.

— Regarde, dis-je, en lui montrant la remarque du professeur.

Il lut attentivement.

— Qu'est-ce que ça signifie?

— Je ne sais pas. As-tu vu ma note? C'est horrible.

— Tu devrais être plutôt contente. Regarde ma copie. Elle est remplie de commentaires écrits à l'encre rouge. J'ai des paragraphes entiers à refaire.

Les propos de Charles ne firent qu'accroître ma frustration. Lorsque je revins à la maison, ce soir-là, mes parents remarquèrent immédiatement que je n'allais pas bien. Je dénonçai en pleurant l'injustice de mon professeur.

— Tu ne devrais pas te laisser abattre, conseilla ma mère. C'est ta première composition cette année.

— Ton professeur reconnaîtra sûrement tes efforts, reprit mon père pour m'encourager.

Mais je sentais que mes parents n'avaient plus confiance en mon professeur de français. C'est le premier échec scolaire qui me blessa autant. J'avais la désagréable impression que je ne pourrais plus faire quoi que ce soit de valable en français.

Seule dans ma chambre, ce soir-là, je repensais à mon oncle Arthur. Je l'entendais me dire : «Au secondaire, ma fille, il faut absolument que tu aies de bonnes notes en français.» J'aurais voulu lui demander comment faire pour obtenir de bonnes notes avec une professeure comme Mme Montreuil. Je détestais cette femme. La seule pensée que je devrais la revoir le lendemain me déprimait.

À partir de ce jour-là, chaque cours de français devint semblable à une montagne qu'il me fallait escalader. Dès que Mme Montreuil annonçait une composition, j'avais la nausée. Lorsqu'elle nous parlait d'un récit d'aventures palpitant avec un héros ou une héroïne possédant un caractère bien campé, je me sentais malade. Pour échapper à son emprise et pour être capable de supporter sa voix criarde, je recommençai à dessiner. Je laissai aller mon imagination et je fis d'elle les caricatures les plus fantaisistes. De temps en temps, pour me reposer, j'inventais un héros qui lui donnait la réplique.

Lorsque la tension devenait trop forte, j'esquissais le visage de la femme aux cheveux roux. Le dessin me libérait de mes peines. Il exorcisait ma douleur. Tout en dessinant, je pensais à ma vraie mère. Je voulais qu'elle m'aide à trouver un guide, un professeur qui m'orienterait. Je l'appelais au secours. J'avais tellement envie de la retrouver.

Chapitre 8

Josée Rock

Mon échec en français marqua le début d'une période particulièrement pénible. J'allais à l'école avec l'impression de perdre mon temps. J'étais de plus en plus convaincue de ne pouvoir réussir mon année. J'appréhendais les prochains résultats.

Au cours du dernier mois, je connus par surcroît de nouvelles difficultés avec une autre professeure. Mme Laberge, surnommée La Grande, était une belle femme élégante qui enseignait la catéchèse. Elle nous surveillait avec un regard étrange. Elle était soupçonneuse et

agressive. Elle croyait toujours qu'on voulait se moquer d'elle. Nous ne l'aimions
pas, mais nous l'acceptions quand même
malgré ses sautes d'humeur.

Depuis quelques jours, sans raison
apparente, elle était presque toujours en
colère. J'avais la désagréable impression
qu'elle m'épiait. L'attention dont j'étais
l'objet m'agaçait au plus haut point.
J'avais beau m'interroger, je ne trouvais
aucune raison pour expliquer son étrange
comportement.

— L'orage de la saison va bientôt éclater, m'avait déclaré Charles quelques
jours plus tôt.

— Qu'est-ce que tu veux dire?

— Tu ne le sais pas? La Grande connaît sa période difficile à l'approche des
vacances des fêtes. Elle prend un élève
en grippe et le surveille. Pendant ce
temps, la pression monte. Un jour, ça
éclate. Elle fait sa crise, puis tombe malade.

— Qui t'a raconté cela?

— Mes deux frères. Ils la connaissent
bien. Ils l'ont eue comme professeure.
Chaque année, elle se comporte ainsi.
Mon frère Luc a été, comme toi, l'objet

de ses «attentions» l'an passé.

Le cours de catéchèse venait de se terminer. La Grande nous laissa les cinq dernières minutes pour ranger nos livres.

En ouvrant mon bureau, j'aperçus le baladeur que Pierre m'avait prêté quelques jours auparavant.

– Garde-le aussi longtemps que tu voudras, m'avait-il dit. Je n'aime pas utiliser cet appareil. Tu me le remettras plus tard.

– Et si je me le fais voler?

– J'aime prendre des risques, ajouta Pierre en souriant. Surtout avec toi.

En retrouvant le baladeur de mon compagnon de classe, je me suis dit : «Tiens, le baladeur de Pierre. Il faudrait bien que je l'essaie.» Je mis les écouteurs sur mes oreilles sans tourner le bouton. J'examinai l'appareil attentivement et me promis de le faire jouer durant la récréation. «Ce soir, pensai-je, je vais en profiter pour écouter quelques cassettes de mon frère.» J'étais complètement perdue dans mes pensées.

Brusquement, je vis arriver Mme Laberge à côté de moi. Elle était particulièrement surexcitée. Elle m'interpella, en pensant sans doute que mon appareil était en marche.

— Éteignez cet instrument du diable tout de suite! hurla-t-elle. Je ne veux pas voir de baladeur dans la classe, jamais! Vous ne me ferez pas l'insulte d'écouter votre musique de malade dans mon local! Vous m'entendez? Est-ce que vous m'entendez? insista-t-elle en brandissant un index menaçant sous mon nez.

Sa figure était au-dessus de la mienne. Tout en parlant, elle faisait de grands gestes menaçants. J'étais si abasourdie et si effrayée que j'oubliai d'enlever mes écouteurs.

— Oui madame... Oui madame, marmonnai-je.

— Je ne comprends pas votre besoin de vous étourdir ainsi avec cette musique, continua-t-elle.

Croyant sans doute que je ne l'entendais pas, elle éleva encore le ton :

— Josée, je te parle! Retire ces écouteurs tout de suite!

J'enlevai précipitamment les écouteurs. J'étais terrorisée. Tous les élèves étaient figés. La stupeur se lisait sur leur visage. Mme Laberge poursuivit sa semonce. Elle était tellement emportée qu'elle n'entendit pas la cloche sonner. Les élèves abasourdis l'écoutaient. Ils n'osaient pas quitter la salle.

– Quand je vois un élève porter un casque d'écoute, ça me rend malade, s'écria-t-elle. Le baladeur est l'invention la plus diabolique que je connaisse. C'est un instrument pervers mis entre les mains des nouveaux dieux qui veulent avilir la jeunesse. Je ne peux supporter ces musiciens barbares qui entraînent les jeunes dans leur univers tapageur et violent. Trop de lumière rend aveugle; trop de bruit rend sourd!

Mme Laberge semblait boire ses propres paroles.

– La vraie musique est une invitation à la réflexion, à l'ordre, à la discipline, continua-t-elle. La musique rock est un cri de révolte. Elle défigure tout. Elle ne respecte pas le beau. Elle incite au désordre et à l'indiscipline.

…Le jeune adepte du rock met son casque d'écoute d'abord pour ne plus entendre ses parents. Pourquoi? Parce qu'ils représentent le devoir, la morale, la bonne conduite; toutes choses que la musique rock veut anéantir. La musique rock, n'ayons pas peur des mots, veut réveiller l'animal chez l'être humain. La musique rock est une invitation à la barbarie et un encouragement à une sexualité débridée. Les chanteurs rocks ne savent plus quelles horreurs inventer pour troubler les esprits les plus équilibrés.

…Cette invitation à tous les excès conduit évidemment à l'usage de la drogue. Voilà les dangers auxquels vous vous exposez si vous gardez sur vos oreilles ces casques maudits! N'oubliez pas que la musique rock empoisonne votre cerveau. Elle pourrit votre esprit aussi sûrement que la rouille ronge le fer.

S'adressant directement à moi, Mme Laberge s'écria :

– Josée, tu me fais disparaître cet appareil pour toujours. Apporte-le chez toi. Jette-le à la poubelle. Fais-en ce que tu voudras, mais je ne veux plus le voir. As-tu compris?

Tout en prononçant ces mots, Mme Laberge saisit mon casque d'écoute. Je fis un mouvement brusque de recul.

Le fil se brisa et les écouteurs tombèrent par terre.

J'étais furieuse. Je croyais que le baladeur de Pierre était brisé. Je jetai l'appareil sur mon bureau, puis je me dirigeai vers Mme Laberge. Pendant que je m'avançais vers elle, me revint à l'esprit un air rock que mon oncle Arthur fredonnait. Je me mis à chantonner : «Rock!... Rock!...» Je rythmais cet air en exécutant un pas de danse. Je frappais légèrement du talon et claquais des doigts.

Lorsque je passai devant Mme Laberge, elle était muette de surprise. Elle semblait sortir tout droit d'un rêve. Elle me laissa passer devant elle et traverser la classe sans prononcer un mot. Au moment où je franchis la porte, j'entendis des applaudissements. Un garçon cria : «Bravo, Josée Rock!»

Plusieurs élèves des autres classes s'étaient immobilisés dans le corridor pour écouter le discours de Mme Laberge. Ils me regardèrent en se demandant ce qui se passait. Je devais vraiment avoir l'air ahurie.

Je repris un peu mes sens avant de

me diriger vers la cour de récréation. Nos compagnons de classe vinrent me rejoindre. Ils affirmèrent que j'avais agi avec beaucoup de cran. Lorsqu'il fut seul avec moi, Charles me demanda :

— Comment ça va, Josée Rock?

— Arrête, tu veux. Je ne connais pas la musique rock.

— Je t'avais avertie qu'elle ferait sa crise.

— Je ne lui ai rien fait pourtant.

— C'est exactement ce que mes frères affirmaient. Le mois de décembre est le mois fatal pour La Grande. Elle aurait pu engueuler n'importe qui. C'est tombé sur toi. Tu n'as aucun reproche à te faire.

Ce jour-là, je sentis que les élèves de ma classe me témoignaient une grande sympathie. Surtout les garçons. Ils acceptaient difficilement le comportement de La Grande à mon endroit. Ils jugeaient que je ne méritais pas un traitement pareil.

Le lendemain, je réalisai que le baladeur de Pierre n'était plus sur mon bureau. Il avait disparu.

— Je crois que La Grande a confisqué mon baladeur, dis-je à Charles.

– Ça m'étonnerait. Elle était trop bouleversée. Laisse-moi faire mon enquête.

– Il faudra que j'explique ça à Pierre.

– Attends un peu, veux-tu?

Trois jours plus tard, je ne pensais plus à la crise de Mme Laberge. Je me présentai donc au cours de catéchèse, en souriant.

Mme Laberge n'était pas encore arrivée. Charles me chuchota à l'oreille :

– Si La Grande nous donne un travail à faire en classe, on se débrouille seul, compris?

– Pourquoi?

– C'est un ordre d'en haut, ajouta Charles en me faisant un clin d'œil.

Tandis que Mme Laberge entrait, les garçons parlaient aux filles à voix basse. Je pris alors conscience qu'ils conspiraient.

Mme Laberge ne fit aucune allusion à l'incident du baladeur. Elle nous distribua un questionnaire et nous fournit quelques explications. Un silence étonnant régnait dans la classe. Tous les garçons se tenaient tranquilles. Ils échangeaient des regards remplis de sous-entendus. Ils ne parlaient pas et évitaient de faire le moindre bruit. C'était le calme avant la tempête!

La Grande semblait angoissée. Elle percevait sans doute que quelque chose de bizarre lui échappait.

— Voilà, conclut Mme Laberge, en terminant son exposé. Je vous autorise à travailler seul ou en équipe. Vous avez évidemment le droit d'utiliser votre manuel et vos notes. Avez-vous des questions?

Habituellement, les garçons posaient le plus de questions possible. Depuis longtemps, nous avions compris que c'était là une excellente façon de diminuer notre tâche. Plus nous soutirions d'explications à Mme Laberge, moins nous avions de recherche à faire. Je crois d'ailleurs qu'elle était consciente de ce manège. Elle s'y prêtait d'assez bonne grâce. Mais, cette fois-ci, ce fut le silence total.

Surprise de notre réaction, La Grande ajouta en souriant péniblement :

— C'est bien la première fois, cette année, que je donne des explications aussi limpides! Mettez-vous à l'œuvre maintenant.

Généralement, nous changions de place pour retrouver nos coéquipiers. Toutefois, ce jour-là, personne ne se leva. Je compris alors que tous les élèves avaient reçu «d'en haut» l'ordre de ne pas travailler en équipe.

Mme Laberge s'aperçut que les garçons complotaient. Elle comprit que l'un d'entre eux menait le groupe. Un silence de plus en plus pesant régnait dans la classe. Mme Laberge semblait extrêmement préoccupée. Elle essayait d'avoir l'air sereine. Durant quelques minutes, elle feuilleta une revue. Puis, elle promena son regard sur les élèves.

C'est alors que commença le second acte du drame. Je pris conscience que tous les garçons avaient un casque d'écoute sur la tête. Chacun avait réussi à se procurer un baladeur. Ils semblaient tous absorbés par leur travail.

Mme Laberge était debout. On aurait dit qu'elle était paralysée. Son visage était blême. Elle observa attentivement les élèves, puis son regard croisa le mien. Elle me fixa longuement avec des yeux tristes et durs. Je baissai immédiatement les paupières. J'étais extrêmement tendue.

Raide comme un automate, Mme Laberge quitta la classe. La porte se referma avec une telle violence que plusieurs élèves, malgré eux, laissèrent échapper un cri de stupeur.

En quelques secondes, les appareils diaboliques disparurent. À ma grande surprise, Charles me remit le baladeur de Pierre. Il venait tout juste de l'utiliser. Je ne m'en étais même pas rendu compte. Il avait pris soin de réparer le fil coupé. Quelques minutes plus tard, le surveillant entra dans la classe. Il ne fit aucun commentaire et nous regarda travailler jusqu'à la fin du cours.

Un élève fut témoin de la crise que fit Mme Laberge dans le bureau du directeur. Il nous rapporta ses propos : «Des monstres, des damnés! Les jeunes n'écoutent plus. Ils veulent uniquement s'étourdir avec leur musique diabolique. Il faut bannir à tout jamais le baladeur de l'école. Sinon, c'en est fini de tout effort d'éducation...»

Sur ces mots, le directeur aurait rapidement fermé la porte de son bureau.

Dans l'après-midi, le surveillant me questionna longuement. Je répondis le

plus innocemment possible en m'effor-
çant de ne pas trahir les garçons. J'avais
de bonnes raisons d'être discrète.
D'abord, je n'avais pas trempé dans cette
conspiration. Donc, je n'en connaissais
évidemment pas les auteurs. Ensuite,
j'étais extrêmement fière de constater que
mes compagnons de classe avaient pris
ma défense. Pour cette raison, j'aurais
été incapable de les dénoncer. J'avais des
soupçons, mais je me gardai bien d'en
faire part au surveillant.

C'était un petit homme un peu sour-
nois et renfrogné. Il avait la réputation
de fumer en cachette dans son bureau. Il
se montra de plus en plus désagréable
avec moi au fur et à mesure que l'interro-
gatoire se prolongeait.

La rencontre se termina par une série
de reproches suivis de menaces à peine
voilées. «Josée, plusieurs professeurs se
plaignent de ta conduite. Et je ne suis
pas fier de toi non plus, dit-il. Ta professeure de français trouve ton comportement étrange. Moi aussi, je me méfie de
toi. Tu es probablement responsable de
ce qui vient de se passer au cours de
catéchèse. Prends garde, Josée. On ne se

moque pas de moi impunément. Si tu mens, je le saurai. Tu ferais mieux de me dire ce que tu sais tout de suite.»

Ce soir-là, je téléphonai à Charles. Je lui racontai en détail ma rencontre avec le surveillant.

– Ne t'inquiète pas Josée, répondit-il. C'est vrai que tu ne sais rien.

– J'ai peur que Mme Laberge pense que j'ai tout manigancé.

– Ne t'en fais pas. Mme Laberge ne peut plus nous nuire désormais.

– Quoi?

– Tu n'es pas au courant des dernières nouvelles?

– Quelles nouvelles?

– Mme Laberge est au repos pour un temps indéterminé. Je m'y attendais. J'ai aussi une autre nouvelle à t'apprendre. Nous avons un nouveau professeur de catéchèse. Il s'appelle Rodrigue Vincent. Mon frère le connaît. Il paraît que c'est un gars «super».

Ce téléphone me remonta le moral. Charles avait sans doute raison. Je ne devais plus me torturer inutilement. Mon conflit avec Mme Laberge contribua à accroître mon découragement. Je n'arrivais pas à établir une bonne relation avec mes professeurs. Étais-je anormale? J'avais l'impression que personne ne me comprenait. Personne, sauf la dame aux cheveux roux dont je reproduisais inlassablement le portrait.

Chapitre 9

Les bons mots de
mon oncle Arthur

Un vendredi après-midi, à mon retour de l'école, j'aperçus mon bulletin sur la table de la cuisine. Une lettre l'accompagnait. Mes parents étaient invités à venir rencontrer mes professeurs et la direction, le jeudi de la semaine suivante.

Mon père et ma mère étaient d'une morosité compréhensible. Mes performances étaient plutôt médiocres. J'échouais en français et en géographie. Dans les autres matières de base, j'obtenais tout juste la note de passage. J'avais des résultats encourageants uniquement en arts plastiques et en catéchèse. À ma grande surprise, avant son départ, Mme Laberge avait ajouté une remarque : «Travail personnel toujours soigné». Cette appréciation me procura beaucoup de satisfaction.

Après le souper, mes parents attendirent d'être seuls avec moi pour m'interroger.

– Josée, as-tu vu ton bulletin? me demanda papa d'une voix calme.

– Oui, papa. Je suis découragée.

– Dis-moi : Est-ce que tu as fait ton possible?

– Je suis «tannée» de l'école, dis-je en fondant en larmes.

– Écoute, Josée, nous en reparlerons après avoir rencontré tes professeurs, proposa maman.

J'acquiesçai et me réfugiai dans ma chambre. Je m'étendis sur mon lit. Il me semblait que tout s'écroulait autour de moi. J'avais peur d'échouer mon année scolaire. Peur que mes parents ne m'aiment plus à cause de cet échec. J'étais bien consciente que je leur faisais de la peine. Je les décevais beaucoup, c'était sûr.

Je revis une scène. Mon père prenait mon visage dans ses mains et déclarait d'une voix douce et ferme : «Quoi qu'il arrive, Josée, dis-toi que je t'aime.» Curieusement, ce souvenir me fit verser un autre torrent de larmes.

Au bout d'un long moment, je décidai d'appeler mon oncle Arthur. J'étais certaine qu'il pourrait m'aider. Je sortis dans le corridor. Mes parents regardaient la télévision. Le plus discrètement possible, je composai le numéro. C'était un appel interurbain. Au bout de quelques secondes, j'entendis une musique bizarre. Puis je reconnus la voix chantante de mon oncle. «Vous êtes bien au refuge du célèbre Arthur, dit-il. Au son du timbre, laissez votre message. Je vous rappellerai avant la fin de la saison, promesse de scout!»

– C'est moi, Josée. Je voudrais te parler... C'est urgent.

De retour dans ma chambre, j'étais tranquillisée. J'étais certaine que mon oncle communiquerait avec moi. J'attendis son appel toute la soirée. À minuit, le téléphone sonna. Je me précipitai sur l'appareil. Ma mère se leva. Lorsqu'elle me vit en train de converser, elle me demanda à voix basse :

– Qui est-ce?

– C'est mon oncle Arthur, dis-je. Il veut me parler...

À mon regard, ma mère comprit que je voulais poursuivre la conversation sans être dérangée. Elle n'insista pas et retourna dans sa chambre. L'oncle Arthur était particulièrement joyeux. Je lui appris mon échec.

– Un mauvais bulletin. Mais c'est épouvantable, Josée, répondit-il d'un ton blagueur. Ton père t'a battue comme il faut, j'espère. Tu me montreras les marques. Je veux tout voir...

– Ne riez pas, mon oncle. Ça n'est pas drôle du tout.

– Je comprends...

Il était mi-sérieux, mi-moqueur. Nous conversâmes durant plusieurs minutes.

– Josée, tu vas aller dormir bien sagement, dit-il au bout d'un long moment. Ton échec est normal, tu m'entends. Il est normal! Demain, dans l'après-midi, je passerai te voir. Tu seras à la maison?

– Oui, mon oncle.

– Entendu. Bonne nuit. Je t'en prie, souffle un peu sur les nuages qui s'accumulent sur ta tête. Tu n'as pas le droit de te mettre dans un état pareil pour si peu. À demain.

Cette conversation m'apaisa. Je décidai d'aller manger dans la cuisine. Maman vint me rejoindre.

– Quelque chose ne va pas, Josée? demanda-t-elle.

– Non.

– Arthur va bien?

– Oui, maman. Il vient me voir demain! répondis-je, en souriant.

– Mon Dieu, celui-là, il a le don de te mettre de bonne humeur.

Le lendemain, j'étais incapable d'étudier. Je pensais constamment à mon oncle. J'étais convaincue que ses conseils m'aideraient.

Mon oncle arriva vers 4 heures. Il nous embrassa maman et moi, puis il plongea dans le sujet qui me préoccupait.

– Josée, puis-je examiner ton bulletin? Il paraît que tu as des problèmes terribles!

Je lui remis mon bulletin ainsi que la lettre qui l'accompagnait. Il lut attentivement, sans prononcer un seul mot. Silencieuses, maman et moi l'observions.

— Évidemment, ce n'est pas particulièrement reluisant, déclara-t-il bientôt. Surtout en français. Je comprends. Ça ne doit pas être facile. Ta professeure est la veuve Montreuil.

— Vous la connaissez?

— Non, mais j'en ai entendu parler. Je brûle de faire sa connaissance!

Mon oncle prononça ces dernières paroles d'un ton qui me surprit.

— Josée, je vais te revoir tout à l'heure, dit-il. Maintenant, j'aimerais m'entretenir avec ta mère.

Je disparus dans ma chambre. J'écoutai de la musique. Bientôt, maman m'appela :

— Josée, viens s'il te plaît, s'écria-t-elle.

Précipitamment, je descendis l'escalier et j'entrai dans le salon.

— Mademoiselle, s'exclama mon oncle. Je vous convie à dîner?

— C'est quoi, la blague? dis-je.

— Les Français dînent le soir. Tu ne

savais pas? Blague à part, Josée, ta mère m'a donné la permission de t'inviter. Si tu veux, nous irons souper tous les deux dans un restaurant à Châteauguay. Ça te va?

Je jetai un regard interrogateur à maman. Elle était tout à fait sereine. «Eh bien!, me dis-je intérieurement, décidément, je ne comprendrai jamais rien. Maman accepte maintenant de me laisser sortir avec son "coureur de jupons" de frère.»

Après m'être changée, je quittai la maison avec mon singulier «cavalier». J'étais heureuse de me retrouver seule avec lui. En cours de route, mon oncle me confia :

– Je veux que tu saches, Josée. Je veux t'aider. Je t'aime comme si tu étais ma propre fille. Tu me comprends?

– Oui, mon oncle.

Il était à peine 5 heures lorsque nous pénétrâmes dans le centre commercial de Châteauguay. Nous nous promenâmes tranquillement et l'oncle Arthur m'acheta un billet de loterie.

– On ne sait jamais, marmonna-t-il. Si tu gagnes un million, tu pourras choisir l'école de tes rêves.

— Si je gagne un million, répondis-je, je paye une pension à Mme Montreuil. Je ne veux plus l'entendre crier, celle-là.

— Tu n'as pas besoin d'un million pour ça, affirma-t-il.

— Qu'est-ce que vous voulez dire?

— Peut-être suffit-il de trouver les bons mots pour lui parler...

Je l'observai un instant pour savoir si sa remarque était sérieuse, mais je fus incapable de déceler sa pensée.

Au restaurant, mon oncle choisit une table isolée au fond de la salle. Durant tout le repas, il badina. Enfin, pendant qu'il buvait lentement son café, il aborda le sujet qui me préoccupait.

— Josée, tu dramatises trop. Ce qui t'arrive n'est pas catastrophique. Je connais plusieurs personnes célèbres qui ont déjà eu des résultats scolaires médiocres. Je t'avoue même que je me méfie des élèves qui réussissent toujours trop facilement.

J'ai une très grande confiance en toi. Tu es une fille originale. Tu ne vas pas te laisser démolir par un échec qui n'a peut-être pas tant d'importance. Tu ne vas surtout pas te laisser abattre par tes professeurs. Écoute bien ce que je vais te dire. Si, durant les cinq années de ton cours secondaire, tu as la chance de rencontrer un vrai maître, pense alors que le sort te favorise. Un maître, Josée... Pas deux, pas trois, pas cinq, pas dix... Un! Cette chance, c'est à peu près impossible qu'elle ne se présente pas. Parce que toi, Josée, tu cherches un maître. Quand on cherche, on trouve. Alors garde l'œil ouvert. Un jour, tu reconnaîtras cette personne qui t'inspirera et qui te permettra de te dépasser.

Il faut aussi que tu aies confiance en toi. Tu es un être exceptionnel. Tes possibilités sont immenses. Tes professeurs sont là, d'accord. Mais sans toi, ils ne peuvent rien faire.

Après quelques secondes de silence, il ajouta :

– Josée, tu peux mettre la chance de ton côté et changer ce qui ne va pas... Tu peux commencer tout de suite. Tu vas me promettre d'être de bonne humeur à la maison toute la semaine. Tu veux?

– Je vais essayer.

– Non, Josée. Tu ne vas pas essayer.

Tu vas être de bonne humeur avec ton père, ta mère, ton frère. De bonne humeur tout le temps, durant une semaine. Jusqu'à samedi prochain. Parce que samedi prochain, je reviens te voir. Tu m'as appelé. Tu ne te débarrasseras pas de moi comme ça. Durant cette semaine, tu te montreras également aimable avec Mme Montreuil. Tu veux?

– Je vais essayer.

Je me repris aussitôt :

– Oui, mon oncle! dis-je.

– Voilà. C'est mieux.

Nous éclatâmes de rire en même temps.

– Mon oncle, est-ce que je peux vous demander une chose? dis-je soudain.

– Oui, bien sûr.

– Ce que vous venez de me dire, est-ce que vous voudriez me l'écrire?

– Quoi? Te l'écrire. Ah! Josée, ta mère a raison. Tu es imprévisible! Écrire. Tu sais pourtant que je suis paresseux! Parler, passe toujours. Mais écrire.

– Allez, mon oncle, j'aimerais bien.

– Pourquoi?

– Quand je serai déprimée, je relirai ce que vous avez écrit. Ça me remontera le moral.

– Ton idée n'est pas bête. Je vais y penser.

Oncle Arthur me ramena à la maison et repartit très tôt. Ce soir-là, je me rappelle avoir longuement jasé avec mes parents. Je leur parlai comme je ne l'avais jamais fait auparavant. Je rapportai les réflexions de mon oncle Arthur.

– Ce «grand fendant» est étonnant, s'exclama mon père. Il est moins bête que je ne pensais.

Puis, sur un ton très grave, il ajouta :

– Josée, il faut que je te fasse un aveu. Ta mère et moi, nous nous sommes trompés sur ton oncle Arthur. Ton parrain nous surprend par sa générosité. Je crois que nous n'aurions pas dû le juger sur les apparences.

Le lendemain, vers 5 heures, l'oncle Arthur téléphona à la maison. Après avoir conversé avec lui, maman se tourna vers papa et lança :

– Veux-tu en apprendre une bonne? Arthur a rencontré Mme Montreuil.

Puis, s'adressant à moi, elle ajouta :

– Ton oncle m'a demandé de te communiquer un message, Josée.

– À moi?

– Oui. Attends, il faut que je me rappelle exactement ses mots... «Dis à Josée que j'ai trouvé les bons mots pour parler à Mme Montreuil.»

Après sa rencontre avec l'oncle Arthur, mon enseignante de français fit des efforts extraordinaires pour parler plus bas. Au deuxième cours, nous restâmes estomaqués, lorsqu'elle déclara tout bonnement :

– Quelqu'un m'a fait une remarque. J'ai un défaut que je ne connaissais pas. Il paraît que je parle trop fort.

Des rires accueillirent cette confidence inattendue. Détendue, Mme Montreuil poursuivit :

– À l'avenir, lorsque j'élèverai la voix, je vous donne la permission de me le signaler.

Dans les jours qui suivirent, Mme Montreuil m'accorda une grande attention. Elle cherchait par tous les moyens à me faire plaisir. Son comportement me rendit mal à l'aise. Je craignais de subir les railleries de mes compagnons de classe.

Dès le mercredi, Mme Montreuil mit

sur pied une activité de lecture. Elle nous annonça son projet avec beaucoup d'enthousiasme. «Chaque semaine, nous dit-elle, nous irons à la bibliothèque. Vous aurez le temps nécessaire pour choisir un livre à votre goût. Le reste du cours, vous lirez. Nous commençons demain.»

Est-ce mon oncle Arthur qui lui avait suggéré de nous accorder du temps pour la lecture? Je l'ignore. Il n'a jamais voulu me relater sa rencontre avec ma professeure de français. Quoi qu'il en soit, Mme Montreuil avait beaucoup changé. Au lieu de fournir des explications interminables, elle nous donnait fréquemment des travaux de recherche. De plus, elle nous aidait lorsque nous en avions besoin. J'étais comblée! J'étais drôlement fière des résultats de mon oncle.

Le jeudi soir, mes parents allèrent à l'école rencontrer mes professeurs et la direction. À leur retour, mon père déclara :

— Josée, si tu n'as pas de meilleurs résultats en français, tu devras reprendre ton année.

J'eus la certitude que cela n'arriverait pas.

107

— Ça va beaucoup mieux avec Mme Montreuil, dis-je à mon père.

Le samedi suivant, mon oncle Arthur vint faire son tour. Il me remit une enveloppe.

— Quand tu seras déprimée, tu liras la lettre que j'ai composée pour toi. Si ça ne te remonte pas le moral, appelle-moi. Peut-être que je réussirai à trouver les bons mots pour te parler, à toi aussi.

Mon oncle Arthur s'était donné la peine de rédiger quatre longues pages dactylographiées. Je parcourus sa lettre avec émotion. Je la lus en entier, puis je la relus attentivement. Les dernières lignes me bouleversèrent.

Josée, une fille qui dessine comme tu le fais a du talent. Ta voie est tracée, et tu iras loin dans la vie, j'en ai la certitude. Malgré tes échecs scolaires, je t'admire Josée.

Un échec, c'est un avertissement. Tu dois essayer d'en comprendre les raisons pour éviter ensuite de commettre les mêmes erreurs.

Ton oncle qui a confiance en toi.

Chapitre 10

Mon premier maître

Cette année-là, je vécus une autre expérience que je ne suis pas prête d'oublier. Nous étions au mois de février. Un jour, mon copain Charles m'informa qu'une femme de son entourage — Mme Lavoie — était à la recherche d'une gardienne. Elle avait un petit garçon qui s'appelait Marc.

— Penses-tu que Mme Lavoie m'engagerait? dis-je.

— Veux-tu que je lui en parle? me demanda Charles.

J'acquiesçai. Je reçus un téléphone le soir même. Mme Lavoie souhaitait me rencontrer dès le lendemain. Si tout allait bien, je prendrais soin de son fils deux soirs par semaine : le mardi et le jeudi. Mme Lavoie suivait des cours le soir.

Tel que convenu, je me rendis donc chez elle le jeudi à 6 heures. Marc terminait son verre de lait.

— Bonjour madame, dis-je, avec déférence.

Je voyais Mme Lavoie pour la première fois et je n'en croyais pas mes yeux. Elle me parut très jeune.

— Appelle-moi Chantale, suggéra. la jeune maman. Je suis heureuse de pouvoir compter sur toi. Marc, dis bonjour à Josée.

— Bonzour Lozée, bafouilla-t-il, entre deux gorgées de lait.

— Excuse-moi, mais je suis un peu en retard, reprit Mme Lavoie. Je te revois dans quelques minutes.

Elle disparut dans sa chambre. Je restai seule avec Marc. Je ne savais pas trop quoi faire.

L'enfant quitta rapidement la table et s'empara d'une boîte dans laquelle il y avait plusieurs jouets. Il répandit le contenu sur le plancher et chercha fébrilement un objet. Je déposai mes livres et mes cahiers sur la table.

J'attendais impatiemment le départ de Mme Lavoie. J'avais l'impression que je serais plus à l'aise lorsque je serais seule avec l'enfant. Pour calmer mon attente, je pris une feuille et commençai à dessiner. Mme Lavoie revint bientôt et me fit ses recommandations. «J'espère qu'il ne te causera pas de problèmes, dit-elle. Tu le coucheras à 8 heures. Je devrais être de retour avant 10 heures. Bonne soirée.» Elle embrassa Marc et partit.

L'enfant s'approcha de moi et examina mon dessin.

– C'est qui? demanda-t-il en montrant du doigt la femme que j'avais dessinée.

– C'est une dame.

– Est-ce que tu la connais?

– Non.

– Tu la connais pas? marmonna-t-il d'un ton surpris.

Après avoir prononcé ces mots, Marc me saisit la main. Il me conduisit dans une grande chambre.

– Viens, s'écria-t-il. J'ai quelque chose à te montrer.

 111

Du doigt, l'enfant pointa une photo placée sur une commode.

— C'est mon papa, murmura-t-il.

— Ton papa à toi?

De la tête, il me fit signe que oui. Marc m'entraîna à nouveau.

— Viens zouer, lança-t-il.

Marc devait avoir trois ans et demi. Il avait une belle figure ronde, des yeux noirs et des cheveux bouclés d'un blond cendré. Je le trouvai adorable. «Un petit prince», me dis-je. Nous nous amusions depuis quelques minutes. Tout à coup, il cessa de jouer et s'approcha de moi. Je me suis assise dans une grande chaise berçante. Je le pris sur moi et le berçai tendrement. Après quelques minutes, Marc proposa :

— Lozée, demain, tu vas venir avec moi et avec ma maman. On va aller chercher mon papa.

Je ne sus que lui répondre. Je continuai de le bercer. J'aurais voulu l'interroger pour savoir si son père était vraiment parti. Mais j'avais peur de la vérité. Je craignais de ne plus pouvoir le consoler.

Il se coucha sagement. Lorsque j'eus fini de le border, il me dit :

— Lozée, tu veux te coucher avec moi et me raconter une histoire?

— Je vais rester ici, Marc, jusqu'à ce que tu dormes. La prochaine fois, je vais apprendre une belle histoire et je vais te la raconter.

— Tu n'en connais pas? demanda-t-il d'un air contrarié.

— Non.

— Ça ne fait rien. Reste avec moi pareil.

Après qu'il se fut endormi, je sortis de la chambre sans faire de bruit. J'eus de la difficulté à faire mes devoirs. J'étais préoccupée. Où était son père? L'avait-il abandonné? Mon petit prince était-il lui aussi séparé de son vrai père? Je le trouvai tellement jeune pour connaître l'angoisse que je vivais. De grosses larmes coulaient sur mes joues.

C'est alors que je pensai à l'histoire que j'allais lui raconter à notre prochaine rencontre. J'avais l'impression que cette histoire m'aiderait à construire un pont entre moi et ce petit prince.

Le lendemain, mon enseignant en arts plastiques, M. Jean Perreault, nous fit part d'un concours d'art oratoire organisé par le Club Optimiste. Ce concours aiguisa ma curiosité. «Ceux qui sont intéressés n'ont qu'à venir me voir à la fin du cours», précisa le professeur.

M. Perreault enseignait également le théâtre à l'école. Les élèves le trouvaient original. Il avait le don de transformer les situations les plus dramatiques en bouffonneries. Il avait aussi l'art de mettre les élèves en boîte avec ses jeux de mots. L'an dernier, il avait joué un tour à un élève de quatrième secondaire. Celui-ci avait pris l'habitude de dormir durant son cours du lundi matin. M. Perreault avait dissimulé un réveille-matin dans son pupitre.

Je décidai donc de m'inscrire. M. Perreault parut très surpris de mon intérêt pour l'art oratoire. Il croyait que je me passionnais uniquement pour le dessin.

– Tu veux réellement participer à ce concours? demanda-t-il d'un ton perplexe.

– Oui, monsieur.

– Tu ne me connais pas, ajouta-t-il d'un air menaçant. En arts plastiques, je suis un agneau, mais en art oratoire, je suis un loup. Penses-y sérieusement avant de te lancer. Es-tu prête à travailler?

– Oui, monsieur, répondis-je très fermement.

J'étais surprise de ma propre détermination.

M. Perreault me remit un conte intitulé *La chèvre de monsieur Seguin*.

– Vendredi, tu liras devant la classe les deux premières pages de ce texte. Je veux que tu fasses une lecture intelligente. Imagine que tu racontes cette histoire à un enfant. Est-ce que tu saisis?

– Oui, monsieur, je vous comprends très bien.

– Je n'en suis pas si sûr, ajouta M. Perreault d'un air malicieux.

Tandis qu'il parlait, je me réjouissais d'avoir trouvé une histoire que je pourrais lire à Marc.

– Si je suis satisfait, j'accepterai de t'aider. Prépare-toi, trancha M. Perreault.

Je partis heureuse. J'étais déterminée à mériter l'estime de M. Perreault. Ce professeur me fascinait. Il trouvait toujours les bons mots pour me parler. Il stimulait mon côté créateur et me donnait confiance en moi.

Je parcourus le texte en entier. Puis, je relus les deux premières pages. J'imaginais que Marc était devant moi. Il me regardait avec ses grands yeux sombres. Je demandai à mes parents de m'écouter et de me signaler mes fautes. Ma mère déclara que je ne mordais pas assez dans certains mots. Mon père, lui, me suggéra de lire plus lentement.

J'empruntai le magnétophone de mon frère. À mon premier essai, mon texte était récité sur un ton beaucoup trop monocorde. Je n'y mettais pas assez d'émotion. Je recommençai plusieurs fois. Il était presque 11 heures lorsque mon frère frappa à ma porte. «Josée, arrête. Tu m'agaces», s'écria-t-il.

Le lendemain soir, je me rendis avec empressement chez Mme Lavoie. J'avais hâte de lire mon histoire à son fils. Marc vint m'accueillir en criant : «Lozée! Lozée!» Son sourire me fit un bien immense.

Lorsque vint l'heure de le coucher, je lui lus mon histoire. Marc m'écouta jusqu'à la fin. Au moment où j'entamais le passage sur la bataille entre le loup et la petite chèvre, il se recroquevilla un peu et se rapprocha de moi. De grosses larmes coulaient sur ses joues. Il les essuya avec son poing et demanda :

— Lozée, veux-tu me lire cette histoire encore une fois?

— Au complet?

— Oui, Lozée.

Je recommençai jusqu'à ce qu'il tombe de sommeil. J'étais contente. Ma lecture avait été un véritable succès.

Le lendemain, comme prévu, le professeur invita les élèves qui s'étaient inscrits, à lire leur texte devant toute la classe. Nous étions quatre. Je passai la dernière. Les autres avaient reçu un accueil poli. Au cours de ma lecture, je levai les yeux. Le professeur me regardait avec une attention soutenue. Tous les élèves m'écoutaient religieusement. Lorsque j'eus fini de lire, des applaudissements retentirent. Le professeur s'écria : «Voilà enfin ce que j'appelle une lecture intelligente.»

Pour la première fois de ma vie, j'avais l'impression de mériter un compliment. Une joie intense me souleva. J'avais fait quelque chose par moi-même. J'étais quelqu'un... Les larmes de Marc et les applaudissements de mes compagnons de classe avaient brisé une barrière à l'intérieur de moi. Je pensai que rien ne pourrait m'arrêter. J'étais prête à escalader les plus hautes montagnes.

Après la classe, je dis à M. Perreault d'une voix ferme :

— Je veux préparer le concours avec vous.

— J'accepte, répondit-il, mais n'oublie pas : à partir de maintenant, il n'y aura plus de succès faciles.

M. Perreault était un homme fiable mais aussi très exigeant. Il me demanda de rédiger un texte. Même si je l'avais travaillé plusieurs heures, il le refusa. «Avec un texte comme ça, tu vas te casser la gueule, s'écria-t-il. C'est trop décousu. Essaie d'écrire un texte plus consistant. Je t'aiderai à le corriger.»

Mon deuxième texte débutait bien, mais la suite manquait de cohérence. Je dus le reprendre presque au complet. Je lui présentai enfin une version qui lui parut acceptable. J'étais fière de moi! M. Perreault me prit les mains, les serra fermement et déclara : «Josée, ça c'est du bon travail!» Je crois que c'est à partir de ce moment-là que je résolus de reprendre et de corriger mes textes de bon gré.

Durant les plus durs moments avec M. Perreault, les paroles de mon oncle Arthur me revenaient : «Un maître, Josée. Pas deux, pas trois. Un maître!» Je m'apercevais de plus en plus que j'avais une confiance absolue en M. Perreault.

Je préparais le concours avec tout l'acharnement dont j'étais capable. Mes soirées avec Marc me détendaient. Marc me fit découvrir qu'un enfant adopte une histoire. Il la fait sienne. Il l'apprivoise. À ma troisième visite, je voulus lui parler du petit prince. À mon grand étonnement, Marc s'exclama : «Non, Lozée. Ze veux la petite sèvre de monsieur Seguin.»

Et c'est ainsi que je pris l'habitude de lui lire, chaque soir, l'histoire de la petite chèvre. C'était devenu «son» histoire. Il l'avait adoptée. À chaque lecture, au moment où le grand méchant loup attaquait la petite chèvre, Marc pleurait, puis il séchait ses larmes et s'endormait profondément.

M. Perreault me fit répéter plusieurs fois le texte que je devais lire en public. Je montais sur l'estrade. Pendant que je déclamais devant un auditoire imaginaire, le professeur s'éloignait au fond de la salle. Il ouvrait une fenêtre ou laissait tomber un objet sur le plancher. Invariablement, les premières fois, je m'arrêtais. «Pourquoi t'arrêtes-tu? demandait-il. Il ne faut pas que tu te laisses distraire... Si quelqu'un dans la salle se mouche bruyamment, vas-tu t'interrompre? Recommence!»

Et je recommençais.

Je travaillais très fort à la préparation de ce concours. La perspective d'un échec m'angoissait terriblement. Surtout durant les trois jours qui précédèrent l'événement. Ma mère éprouva même une certaine inquiétude.

— Qu'est-ce qui t'arrive, Josée? C'est le concours? demanda-t-elle.

— Oui, maman. Je me sens mal.

— Je crois que tu prends les choses trop à cœur.

— Je ne peux plus reculer maintenant.

— Il ne faudrait pas que tu te rendes malade.

Cette façon de prendre les choses à la légère m'excédait. J'ajoutai d'un ton agressif :

– Maman, laisse-moi tranquille. Tu ne comprends pas ce que je suis en train de vivre.

Ma mère se tut. Elle avait sûrement constaté que j'étais à bout de nerfs.

La soirée tant attendue arriva enfin. Il y avait dix candidats en lice : quatre garçons et six filles. La salle était bondée. Plusieurs élèves de ma classe étaient dans l'assistance. Il y avait aussi mes parents et mon frère Marcel. Tous les participants étaient rassemblés dans une petite salle adjacente à la scène. Je me tenais à l'écart des autres. J'étais vraiment anxieuse.

M. Perreault s'aperçut que j'étais tendue. Il s'approcha de moi.

– Nerveuse? dit-il.

– Je me sens mal. J'ai de la difficulté à me calmer.

J'étais au bord des larmes. M. Perreault me prit par les épaules. Il me regardait droit dans les yeux.

– Josée, tu vas aller te promener dans le corridor et tu vas prendre de grandes respirations, ordonna-t-il d'une voix tendre. Ne t'inquiète pas. Aie confiance.

Ses conseils me réconfortèrent. Je pris

de grandes respirations et je me sentis beaucoup mieux. Lorsque je revins dans la petite salle, je réussis même à blaguer avec les autres participants. Je voyais sortir les candidats et les candidates. Lorsqu'ils revenaient, ils avaient tous l'air soulagés. Je les enviais. Enfin, on annonça Josée Turcot.

Je m'avançai sur l'estrade. Je réalisai à peine qu'il y avait des gens dans la salle. Je déclamai mon texte comme j'avais réussi à le faire en présence de M. Perreault. Je parlais fort et je ne mangeais pas mes mots. Lorsque j'eus terminé, un lourd silence régnait dans la salle. Je me suis alors rappelée qu'on avait demandé aux spectateurs de ne pas applaudir pour éviter d'influencer les juges.

Suivit une période d'attente. Les membres du jury délibéraient. Au bout d'un long moment, on nous fit entrer dans la salle. Les spectateurs nous acclamèrent. On nous présenta au public en nous identifiant par des numéros. Lorsqu'on nomma la candidate numéro neuf, le groupe de ma classe commença à applaudir bruyamment.

Le président du jury prononça un

bref discours, puis il annonça les noms des gagnants. Un garçon remporta le troisième prix. Une fille le deuxième. Qui remportait le premier prix? La salle était avide de le savoir.

«Et maintenant, mesdames et messieurs, voici le résultat que vous attendez tous, s'exclama le président. La lauréate de ce concours est Josée Turcot.» Je sautai dans les bras de ma voisine. J'étais en larmes. Les élèves de ma classe se levèrent tous en même temps. Je regardais les spectateurs qui me faisaient une véritable ovation. J'avais l'impression de vivre un rêve.

C'est alors que j'aperçus dans l'assistance mon oncle Arthur. Il me regardait avec un sourire rempli d'admiration et de fierté. Il leva le poing avec fermeté. Je compris qu'il me disait : «Bravo, Josée!»

J'aurais tellement souhaité aussi voir ma vraie mère dans l'assistance. Ce soir, je ressentais son absence d'une façon tragique. Pourrais-je un jour éveiller sa fierté?

Chapitre 11

Mon miracle

Les jours qui suivirent mon triomphe furent parmi les plus beaux que je connus cette année-là. Je voyais la vie en rose et je prenais goût au travail scolaire. Mme Montreuil me signala que j'étais en train d'effectuer un redressement spectaculaire.

La maladie vint toutefois jeter un peu d'ombre sur les premiers jours ensoleillés d'avril. Un vendredi après-midi, après la classe, mon copain Charles me demanda de l'accompagner au magasin du village. Il voulait s'acheter des vêtements. Afin de ne pas inquiéter mes parents, je les appelai. Je les informai que je serais en retard. Je partis donc avec Charles. Après avoir complété ses achats, il m'invita au restaurant.

— Veux-tu manger? demanda-t-il gentiment.

Je n'avais pas faim, mais je commandai une frite.

J'arrivai chez moi vers 6 heures. J'étais épuisée. J'avais un mal de tête épouvantable.

— Je ne sais pas ce qui m'arrive, dis-je à ma mère. Je crois que je vais faire une indigestion.

— Bois un peu d'eau chaude, suggéra maman.

— Non! Je vais me coucher.

Je restai longtemps étendue sur mon lit. Je sommeillais à peine. Vers 8 heures, je me levai. J'étais étourdie. J'avais la nausée. Je me précipitai dans la salle de bains...

Ma mère vint me rejoindre. Elle était fort inquiète. En vain, je fis de grands efforts pour vomir. Je n'avais jamais ressenti une douleur semblable. J'avais l'impression que le ventre allait m'éclater. Entre deux visites à la salle de bains, je me roulais sur mon lit en gémissant.

Mes parents me conduisirent à la clinique. Le médecin, un homme bourru, m'examina rapidement. Il me posa quelques questions tout en prenant ma pression. Après avoir diagnostiqué un dérangement bénin, il me conseilla de prendre des aliments légers au cours des prochains jours. Il ne me prescrivit aucun médicament. J'étais très étourdie en sortant de son bureau.

Je passai une partie de la nuit dans la salle de bains. Au matin, je me sentais faible et je n'avais pas faim. Ma mère appela notre médecin de famille. Heureusement, il accepta de me recevoir. Il diagnostiqua une gastro-entérite aiguë.

Je restai pendant une longue semaine à la maison. J'étais seule la plupart du temps. Mon père dut s'absenter pour affaires. Ma mère, elle aussi, fut obligée de sortir souvent. Je trouvai le temps extrêmement long. Les premiers jours, j'étais faible et incapable de faire quoi que ce soit. J'étais morose. Je m'inquiétais.

La pensée de retrouver ma mère naturelle me poursuivait de nouveau. Aussitôt que je me laissais aller à rêver, l'image de ma vraie maman me hantait. Assez étrangement, je l'imaginais ressemblant à la femme aux cheveux roux peinte par Toulouse-Lautrec.

Je ne pouvais aborder ce sujet avec ma mère adoptive. Ça lui faisait trop de peine. Je ne voulais pas non plus m'ouvrir à mon père. Je ne réussissais jamais à lui faire comprendre réellement ce que je ressentais. Les conversations avec lui se terminaient trop souvent par un long monologue. Mon père parlait sans m'écouter. Ça m'agaçait.

Je projetai donc de communiquer mon angoisse à mon nouveau confident : mon oncle Arthur. Je l'appelai le jeudi après-midi. Je pensais devoir lui laisser un message sur son répondeur. Je fus très surprise d'entendre sa voix :

— Tu n'es pas à l'école? demanda-t-il, étonné.

— Non, mon oncle, j'ai abandonné l'école, répondis-je d'un ton blagueur.

— Fais attention, Josée, j'ai le cœur faible et je prends très mal les nouvelles tragiques.

Je lui parlai de ma gastro... Après quelques minutes, je me sentis mal à l'aise. Je ne réussissais pas à trouver le moyen d'aborder le sujet qui me préoccupait tellement.

– Mon oncle, je voudrais vous parler de quelque chose de très sérieux, dis-je enfin.

– Au téléphone, Josée?

– Oui, mon oncle. C'est important pour moi.

– J'ai tout mon temps. Je t'écoute.

– Voilà, dis-je, en cherchant mes mots. Je voudrais que vous m'aidiez à retrouver ma vraie mère.

Un long silence suivit ma phrase. Je regrettai un instant ma confidence. Je me sentais un peu ridicule. J'aurais aimé voir la réaction de mon oncle.

– Josée, je comprends ton besoin, répondit mon oncle. Je suis un peu effrayé de ce que tu me demandes, mais ton appel me fait plaisir. Il fallait que tu en parles à quelqu'un. Toutefois, si j'étais à ta place, j'essaierais de ne pas être trop pressée. Cette semaine, tu es malade. Repose-toi avant d'entreprendre des recherches.

– Aujourd'hui, ça va beaucoup mieux.

— Je suis heureux d'apprendre ça. Sois assurée que je vais t'aider. Tu as confiance en moi, Josée... J'irai chez toi bientôt. En attendant ma visite, essaie de ne pas trop te tracasser.

Je retournai en classe le lundi suivant. Ce congé forcé me permit de me rendre compte qu'il serait ennuyeux de vivre à 13 ans sans aller à l'école. Je me réconfortais en pensant que mon oncle allait venir me voir et que j'allais enfin commencer mes recherches.

Le vendredi, à mon retour de l'école, mon oncle était à la maison.

— Maman n'est pas là? demandai-je.

— Non. Elle vient de partir faire quelques emplettes.

— Avez-vous parlé de mon projet avec elle?

— Bien sûr. Ce n'est plus un secret pour personne, tu sais. Il est normal qu'une fille de ton âge veuille savoir.

— Pourquoi mes parents ne savent-ils pas où sont mon vrai père et ma vraie mère?

— C'est comme ça, Josée...

— C'est fou... Ma vraie mère me cherche peut-être en ce moment.

– Josée, il y a bien des raisons pour lesquelles des enfants sont confiés à d'autres parents. Ça ne t'effraie pas de connaître la vérité?

– Je ne comprends pas, mon oncle.

– La vérité est parfois cruelle, tu sais.

– Qu'est-ce que vous voulez dire?

– Tu vas vouloir connaître tes vrais parents, si on réussit à les retrouver, n'est-ce pas?

– Oui, bien sûr.

– Et s'ils ne voulaient pas te voir?

Cette réflexion me parut absurde. Pourquoi ma vraie mère ne voudrait-elle par me rencontrer. Mon oncle me cachait peut-être quelque chose.

– Mon oncle, dis-je, au bord des larmes, qu'est-ce que vous savez?

– Voyons, Josée, ne te mets pas dans un état pareil. C'est la première fois que j'aborde sérieusement ce sujet avec ta mère et avec toi. Je n'en sais pas plus que vous. Je voudrais seulement te préparer à toutes les éventualités. Tu comprends?

Je fis signe que oui, mais je ne comprenais pas pourquoi cela risquait de me rendre malheureuse.

– Qu'est-ce qu'on peut faire pour retrouver mes vrais parents? demandai-je.

– Je ne sais pas. Je connais peu de choses sur les circonstances de ton adoption. Mais ne pas savoir, c'est la première condition pour apprendre. Josée, on commence tous les deux une recherche sérieuse. Essaie de bien terminer ton année scolaire. Je te promets que je vais te soutenir. Nous allons trouver tes vrais parents. Sois-en assurée.

J'étais soulagée. Mon oncle m'avait dit la phrase que j'attendais : «Nous allons trouver.» J'avais besoin de cette certitude pour affronter l'avenir.

Cette complicité avec mon oncle me procura une certaine paix intérieure. J'étais sûre que nous réussirions à lever le voile qui masquait mes origines. Je me plongeai alors dans mes études avec une telle ardeur que mes parents s'inquiétèrent bientôt.

Je passais toutes mes soirées à faire mes devoirs. Jamais je n'avais été aussi appliquée. J'étudiais mes leçons avec passion. Je voulais tout savoir. Tout connaître. En classe, j'adorais rivaliser avec Charles. Les élèves l'appelaient «Le Bolé». Nous nous amusions à nous poser des «colles». Lorsque je réussissais à obtenir une meilleure note que lui dans une matière, j'étais vraiment fière.

Les derniers mois de l'année scolaire passèrent très vite, et ce, pour plusieurs raisons. D'abord, j'étais plongée dans les études jusqu'au cou. Ensuite, mon travail de gardienne chez Mme Lavoie prenait un peu de mon temps. Deux fois la semaine, je retrouvais Marc. Nous passions ensemble des heures merveilleuses. Enfin, débutèrent les préparatifs de la soirée de fin d'année. Responsable de l'organisation de cette soirée, M. Perreault vint me voir et me proposa de participer au spectacle donné par les élèves.

«Pourrais-je compter sur ta collaboration?, m'a-t-il demandé. J'aimerais te confier les textes de présentation. Tu m'as prouvé déjà que tu savais parler en public avec assurance.» J'étais flattée par ces propos, surtout de la part d'un professeur que j'admirais beaucoup.

Je dus rester plusieurs soirs après la classe. Je rédigeais mes textes et je les apprenais par cœur. J'étais heureuse. Travailler avec M. Perreault était pour moi un privilège plus qu'une corvée.

Le soir tant attendu arriva enfin. La salle était comble. Les parents s'étaient déplacés en grand nombre.

La première partie mit en vedette des élèves de deuxième secondaire. Ils exécutèrent quelques pièces musicales entraînantes. Cela créa une atmosphère de fête. Suivirent les sketches préparés par M. Perreault. Ils obtinrent un véritable succès. Le tout se déroula rondement.

En dernière partie, il me restait à présenter le directeur de l'école. C'était un homme plutôt corpulent qui se déplaçait toujours lentement. M. Perreault m'avait aidé à composer un texte qui faisait allusion à sa lenteur. «Selon La Fontaine, dis-je, rien ne sert de courir, il faut partir à point. Voilà un proverbe que notre directeur illustre chaque jour pour nous. Je vous présente celui qui ne court jamais, mais qui est toujours premier.»

La salle accueillit ma taquinerie par des applaudissements spontanés. Le directeur s'avança sur l'estrade.

J'étais soulagée. Je venais de faire ma dernière présentation. «Enfin, pensais-je, les parades en public sont terminées pour ce soir!»

Durant de longues minutes, les élèves méritants défilèrent. On vit apparaître les premiers et les premières de classe. Puis, ce fut le tour des élèves qui avaient obtenu une mention d'excellence dans une matière. Finalement, ceux et celles qui s'étaient distingués dans une discipline sportive. J'étais parfaitement détendue. J'étais certaine que je n'aurais plus à me déplacer.

Tout semblait terminé. Soudain, contrairement à mes attentes, le directeur ajouta : «Après avoir consulté les professeurs, nous avons décidé de décerner un prix à l'élève le plus méritant pour les progrès accomplis au cours de l'année. Et cela, à chacun des degrés. Je demande donc à monsieur Paul Cormier, président de la commission scolaire, de venir dévoiler les noms de ces élèves.»

La voix de M. Cormier retentit bruyamment dans la salle : «Première secondaire, Josée Turcot», dit-il.

Je m'avançai sur l'estrade. J'avais l'impression de rêver. Dans la salle, je voyais distinctement mes parents. Ils semblaient très fiers de moi. Ils m'applaudissaient... J'avais de la difficulté à réaliser ce qui m'arrivait. Je ne m'attendais nullement à recevoir un prix.

Mme Montreuil me remit un parchemin. Elle se pencha et me dit tout bas à l'oreille : «Extraordinaire redressement, Josée. Je te félicite.»

Quelques minutes plus tard, en présence de mes parents, j'ouvris le parchemin et je lus ce qui était écrit. Je compris alors parfaitement ce qui m'arrivait. Je vivais pratiquement un miracle. Je réussissais mon année scolaire.

Épilogue

Tel que promis, mon oncle Arthur vint me voir au début des vacances. Il s'entre-tint longuement avec mes parents avant de me parler.

– J'ai des nouvelles, me dit-il sans enthousiasme.

– Vous avez trouvé mes parents? de-mandai-je tout excitée.

– Je sais qui ont été tes parents.

Je compris immédiatement. Il avait insisté sur les mots «ont été». Une grande tristesse m'envahit. Je n'avais plus aucune chance de voir mes vrais parents. Jamais je ne pourrais les toucher et leur parler. Le désespoir s'empara de moi.

Mon oncle me prit délicatement par les épaules, me serra contre lui et murmura très doucement :

– Je comprends ton chagrin, Josée.

Ce que j'avais deviné était donc vrai. En pleurant, j'allai me réfugier dans ma chambre. Sans doute pour respecter mon chagrin, mon oncle et mes parents sortirent à l'extérieur. Je restai seule dans la maison.

Je me sentais assaillie par des questions obsédantes. Est-ce que j'aurais dû entreprendre des recherches plus tôt? Pourquoi mes parents ne s'étaient-ils pas inquiétés de moi? Est-ce qu'ils savaient, eux, où j'étais? Quand sont-ils morts? De quoi? Ont-ils vécu heureux?

Je trouvais affreux de n'avoir aucune réponse. Mon oncle Arthur rentra dans la maison quelques minutes plus tard. Je le rejoignis dans la cuisine.

– Est-ce que vous savez autre chose?

– Oui, Josée. Tes parents ne t'ont pas abandonnée. Ils ont été victimes d'un malheureux accident.

Mon oncle me remit une photocopie passablement claire d'un fait divers paru dans le *Journal de Montréal* : «Deux autres victimes de la moto» titrait le journal. L'article racontait qu'un jeune couple de Saint-Jérôme avait tragiquement trouvé la mort sur la route 117 près de Saint-Jovite...

— Ce sont mes parents? demandai-je.

— Oui, Josée. Ce sont tes parents.

— Où étais-je lors de l'accident?

— Chez ta grand-mère. Je l'ai d'ailleurs retrouvée. Elle habite Saint-Jérôme.

— La mère de ma mère?

— Oui.

— Est-ce que je peux aller la voir?

— Si tu veux.

— Elle accepterait de me rencontrer?

— Je crois bien.

J'étais agacée par l'attitude de mon oncle. Il répondait à mes questions avec une réserve que je ne lui connaissais pas. J'avais l'impression qu'il voulait éviter de trop parler.

Il fut convenu que je verrais ma grand-mère le plus tôt possible. Je partis quelques jours plus tard pour Saint-Jérôme en compagnie de mon oncle

Arthur. J'étais excitée à la pensée de rencontrer enfin quelqu'un qui avait connu mes parents...

Nous arrivâmes bientôt à Saint-Jérôme. Mon oncle stationna son auto en face d'une énorme bâtisse qui ressemblait à un hôpital. Nous parcourûmes d'interminables corridors, puis mon oncle frappa à une porte. «C'est ici, me dit-il.» Une réponse indistincte parvint à mes oreilles.

Mon oncle ouvrit la porte. Une vieille dame toute menue était assise dans une immense chaise berçante.

– Me reconnaissez-vous? demanda mon oncle. Je suis venu vous voir la semaine dernière.

La vieille dame le fixa avec attention, puis elle me regarda avec un air égaré.

– Grand-mère, c'est Josée, votre petite-fille, s'écria mon oncle.

La vieille dame m'examina comme si j'étais un objet rare. Elle avait un regard étrange qui me fit peur.

J'étais là, plantée devant elle. Je ne savais pas comment me comporter. Que devais-je dire? Heureusement, mon oncle intervint. Il prit une chaise, la plaça à côté de ma grand-mère.

— Prends la chaise, Josée, ordonna-t-il d'une voix tendre.

J'étais tout près de ma grand-mère. Je l'examinais attentivement. Je ne voyais pas de ressemblance entre la figure de cette dame et l'image que je m'étais faite de ma mère.

— Ma fille était une bonne fille, grommela la vieille dame. Une très bonne fille, ajouta-t-elle comme si elle voulait convaincre quelqu'un. Mais elle était trop jeune. Ce n'est pas de sa faute. Je ne l'ai pas abandonnée non plus. Ce n'est pas vrai, tout ce qu'on a raconté. J'ai perdu la mémoire, c'est tout. Pourquoi me l'ont-ils enlevée? C'est vrai. Elle était trop jeune.

Elle s'adressait uniquement à mon oncle.

— Maintenant, il est trop tard, ajouta-t-elle. Je suis tout le temps fatiguée. Et puis à quoi bon, ils ne m'écoutent plus. Une très bonne fille. Mais elle était trop jeune. C'était une très bonne fille. Elle était bien trop jeune.

L'oncle Arthur me prit délicatement par le bras.

— Viens, Josée. Ta grand-mère est fatiguée.

Puis, s'adressant à ma grand-mère, il déclara :

— Nous partons... Portez-vous bien.

Les paroles de mon oncle ne semblaient pas l'atteindre. Pendant que nous quittions la chambre, je l'entendis marmonner :

— J'ai seulement perdu la mémoire. Je ne l'ai pas abandonnée. Maintenant, je suis tout le temps fatiguée.

Durant le voyage du retour, je demandai à mon oncle :

— Est-ce que papa et maman savent que ma grand-mère est vivante et que mes vrais parents sont morts?

— Oui, Josée. Ils savent depuis quelques jours seulement. Ils l'ont appris en même temps que toi. Autrefois, on ne voulait pas que les enfants adoptés connaissent leurs vrais parents. Tes parents ne t'ont rien caché. Ils ignoraient tout.

Je gardai le silence. Après plusieurs minutes, mon oncle me demanda :

— Est-ce que tu m'en veux, Josée?

— Pourquoi?

— Je ne sais pas. J'aurais peut-être

mieux fait de ne pas t'emmener voir ta grand-mère.

— Non, mon oncle. Je suis contente de l'avoir vue.

Pendant un long moment, nous marchâmes sans parler. C'est mon oncle qui rompit le silence :

— Comment te sens-tu maintenant? me demanda mon oncle.

— Mon oncle, je veux vous remercier pour tout.

Après un long silence, j'ajoutai :

— Mes parents sont très bons pour moi.

— Je suis content de t'entendre dire cela Josée. Je crois que tu possèdes les meilleurs parents de la terre.

Nous avons très peu jasé ensuite. Mon oncle est bavard, mais il est capable de rester silencieux de longs moments. C'est peut-être pour cela que je ne me sens jamais mal à l'aise avec lui.

Mon oncle prétexta une commission au village pour me laisser entrer seule à la maison. Avant d'ouvrir la porte, je jetai un coup d'œil à l'intérieur. Papa se berçait devant la fenêtre. Ma mère, l'air songeur, buvait du thé.

J'entrai avec empressement. J'embrassai mon père, puis je me jetai dans les bras de maman. Je pleurais de soulagement et de joie mêlés. Après quelques secondes, je réussis à dire : «Je possède les meilleurs parents de la terre!» Je vis que papa s'essuyait les yeux.

J'eus beaucoup de difficulté à trouver le sommeil ce soir-là. Je finis tout de même par m'endormir. Je fis un rêve.

J'étais perdue en forêt. Je marchais, je marchais... Enfin je trouvai un étang. Pendant que je me baignais, toute nue, sous un ciel étoilé, une belle et grande dame m'apparut. Sa figure ronde était un peu cachée par une abondante chevelure rousse. Cette figure s'approcha de moi et se transforma peu à peu. Bientôt j'aperçus la figure ronde et joviale de mon oncle Arthur. Il me regardait avec des yeux malicieux. Ses lèvres bougeaient. Je compris qu'il me disait tout bas : «Josée, l'eau est fraîche au moins?»

Fin